U0931316

心是一切温柔的起点

林清玄 著

北京出版集团公司
北京十月文艺出版社

目 录

○ 贰

修得一颗柔软心

○ 叁

你心柔软，却有力量

○ 肆

心田上的百合花

○ 伍

心美，一切皆美

○ 陆

总有群星在天上

○ 壹

心是一切温柔的起点

流浪水

孩子跟老师到海边去，回来后用了一夜的时间，告诉我海边的故事。

他们到海边后去看海、吃鱼丸、坐渡轮。他说：“渡轮上有一个像电扇一样旋转的东西，一直‘噗噗噗’地打着海水，海水被打到后面去，渡轮只好前进了。”

他说：“老师叫我们蹲着，伸手去摸海水，海水好冰喔，比我们家水龙头的水还冰。”

他说：“海好大好大，有好多的鱼、虾、螃蟹都可以在里面生活，但是他们可能没有办法游遍整个海，因为太大了嘛！对不对？”

…… ……

我问孩子：“那么，你对海，觉得最好玩儿的是什么？”

他说：“是流浪水。”

“流浪水？”

“是啊！流浪水就是一下子打到海边上又退回去，隔一下子又打到海边上的那一种水。许多鱼呀虾呀都跟着流浪水，流上来呀，又流下去。它们一生下来就在流浪水里，长大了在流浪水里，最后死了也在流浪水里。老师说，有很多鱼虾长在海底，那里的水不是流来流去，很可能它们从来不知道自己在流浪水里……”

我对孩子说：“那不叫流浪水，那是海浪。”

“流浪水不就是海浪吗？”孩子用天真的眼睛看着我。

“对，流浪水就是海浪。”我说。

孩子才安心地去睡觉了。

深夜里，我思考着孩子的话，所有的海中动物都是生长在流浪水里，它们一生都在海里流浪着，当然从来没有一只海中的动物可以游遍整个海。有很多深海里的动物，从不知道是一波一波地流浪着，然后它们在无波的深海里，平静地死去。

流浪水是多么美丽的海之印象呀！

海的动物是生活在流浪水里，我们陆上的众生何尝不是生活在流浪水里呢？我们的流浪水是时间，一个白天一个黑夜规律地循环着，不正如打在岸上又退去的流浪水吗？从小的角度看，当然每个白天和黑夜相同，可是从大的观点看，白天黑夜不正是我们看海浪一样，没有什么差别吗？

可叹的是，很少有人警觉到时间的流浪水，他们就会在没有观照的景况下度过一生。

警觉到时间的流浪水仍然不够，其实每一个人有了觉醒之后，心性就会像大海一样，看着潮涨潮落，知悉心海的浪循环之周期。这些海浪再汹涌，在海底最深的地方，是宁静而安适的。因为深刻地观照了流浪，便不会被流浪水所转，不会在拍岸时欢喜，也不会在退落时悲哀，胸怀广大，涵容了整个大海。

自性心水的流露正像这样，因此在生命中觉悟而进入深海里的人，与从来不知道流浪水的人是不一样的，前者无惧于生死的流浪，后者则对生死流浪因无知而恐惧，或者因愚昧而纵情欢乐。

寂寞的艺术

“不鸣则已，一鸣惊人”常常被人当作夸赞的话，表面上是赞扬“一鸣”的惊人，实质上却在阐释沉默的“不鸣”所蕴涵的深厚，所谓“每鸣必有所指”的意思。这与“若非一番寒彻骨，焉得梅花扑鼻香”及“十年寒窗无人问，一举成名天下知”的道理相同，表面上感人的成就固然可喜，隐在其后的沉默之努力更是可贵。

所谓的“沉默”，以现代语意析理应解为“深沉的默想”，唯其有了深沉的默想才可以达到人生的最高境界。

《文心雕龙·体性篇》说“子云沉寂，志隐而味深”，说是“韬敛其所具，不发扬于外”；韩愈的《进学解》说“沉浸醲郁，含英咀华”，说是“状力学之深透”，都是在说明沉默的重要。沉默而到达“不作苟见，不治苟得，久幽而不改其操”，就成为一种艺术境界了。

《庄子·天下》中有云：“寂寞无形，变化无常。死与？生与？天地并与？神明往与？芒乎何之？忽乎何适？万物毕罗，莫足以归。古之道术有在于是者。”

庄子将“寂寞”视为艺术的道之所归，投死生神明于大沉默之中，无长短可资计较。“沉默”乃成为万物之所归宗，实在是推崇沉默艺术的极致。

观照文学哲学中的精神，沉默是重要的，因为“敛于中而发于外”，只有最坚挚的沉默后，才有最伟大的作品。这也便是朱子所说的“学者所患在于轻浮，不沉着痛快”。如果未经深沉默想，所发出来的也一定是浮光掠影，不足为道了。

反观生活中的细节，均以沉默为高，浮躁为低。朋友因沉默而心灵相通，卡莱尔·纪伯伦说：“当你的朋友向你倾吐胸臆时，你不要怕说心中的‘否’，也不要瞒住你心中的‘可’。当他沉默时，你的心仍要倾听他的心。因为在友谊里，不用言语，一切思想，一切希冀，都在无声的喜乐中发生共享了。”他给因沉默而显得高贵的友谊作了一个最好的佐证。当我们说“心有灵犀一点通”时，是不是无形中显扬了沉默呢？

爱情也是如此，总是因“无言”的境界而显出高贵与浪漫，因为有些情爱除了默契外，语言是无用的。到了“所有的言语都成为多余”的爱情境界，情爱也就显得益加真挚了。“示爱如欲进，含羞未肯前”和“盈盈一水间，脉脉不得语”的境界又岂是一般庸庸碌碌之辈所可致的？

沉默对生活是最有用的，“言多必失”“沉默是金”是最通俗的用处，至于“相看两不厌，唯有敬亭山”则是属于沉默的艺术了。一旦能超升到艺术境界，就可以由自己的大沉默而听到日出、花开、露凝、月升、星闪的声音，进而领悟到生命的奥秘及伟大，即使是

“无言相对坐终日”，也会是别有一番滋味吧！

在大沉默中圆寂也是一种艺术，柏拉图的死就是印证。威尔·杜兰在《西洋哲学史话》中记载了他的死：“有一天他应邀参加一个学生的婚礼，杂在宾客中间畅饮。筵席开到一半儿，伟大的哲学家悄悄离席而去，找到一个安静的角落，默默躺下，呼呼睡去。第二天清晨，疲倦的客人在狂欢后发觉，他已由小睡进入长眠。”柏拉图在死前用勇敢的镇静应付了命运，保持了面对死亡的尊严，这是了悟生命之始终后所表现出来的——沉默。这种死亡，谁说不是艺术呢？

可是世人不知沉默的艺术，往往不见车薪而见秋毫，喜发议论，不在内心的涵蕴上求修养，而在外相的表达上求矫饰，则沉默之被目为可贵，日趋于下，真正虚怀若谷者反而不屑与谈，变成“黄钟毁弃，瓦釜雷鸣”的现象，歪风所及，人格、社会便一日下流于一日了。

在知道沉默的艺术时，必当以此作为生活行为之依归，终有一天会达到庄子《在宥篇》所说的“至道之精，窈窈冥冥；至道之极，昏昏默默”，将有限融于无限，才是深沉地默想的最高艺术境界。

独乐与独醒

人生的朋友大致可以分成四种类型，一种是在欢乐的时候不会想到我们，只在痛苦无助的时候才来找我们分担，这样的朋友往往也最不能分担别人的痛苦，只愿别人都带给他欢乐。他把痛苦都倾泻给别人，自己却很快地忘掉。

一种是他只在快乐的时候才找朋友，却把痛苦独自埋藏在内心，这样的朋友通常能善解别人的痛苦，当我们丢掉痛苦时，他却接住它。

一种是不管在什么时刻、什么心情都需要与别人共享，认为独乐乐不如众乐乐，独悲哀不如众悲哀，恋爱时急着向全世界的朋友宣告，失恋的时候也要立即告诸亲友。他永远有同行者，但他也很好奇好事，总希望朋友像他一样，把一切最私密的事对他倾诉。

还有一种朋友，他不会特别与人亲近，他有自己独特的生活方式，独自快乐、独自清醒，他胸怀广大、思虑细腻、品味优越，带着一些无法测知的神秘，他们做朋友最大的益处是善于聆听，像大海一样可以容纳别人欢乐或苦痛的泻注，但自己不动不摇，由于他知道解决问题的关键，因此对别人的快乐给予鼓励，对苦痛则伸出援手。

用水来做比喻，第一种是河流型，他们把一切自己制造的垃圾都流向大海；第二种是池塘型，他们善于收藏别人和自己的苦痛；第三种是波浪型，他们总是一波一波找上岸来，永远没有静止的时候；第四种是大海型，他们接纳百川，但不失自我。

当然，把朋友做这样的划分不是绝对的，因为朋友有千百种面目，这只是大致的类型罢了。

我们到底要交什么样的朋友？或者说。我们希望自己变成什么样的朋友？

卡莱尔·纪伯伦在《友谊》里有这样的两段对话："你的朋友是来回应你的需要的，他是你的田园，你以爱心播种，以感恩的心收成，他是你的餐桌和壁灯，因为你饥饿时去找他，又为求安宁寻他。""把你最好的给你的朋友，如果他一定要知道你的低潮，也让他知道你的高潮吧！如果只是为了消磨时间才找你的朋友，又有什么意思呢？找他共享生命吧！因为他满足你的需要，而不是填满你的空虚，让友谊的甜蜜中有欢笑和分享吧！因为心灵在琐事的露珠中，找到了它的清晨而变得清爽。"

在农业社会时代，友谊是单纯的，因为其中比较少有利害关系；在少年时代，友谊也是纯粹的，因为多的是心灵与精神的联系，很少有欲望的纠葛；工业社会的中年人，友谊常成为复杂的纠缠，朋友一词也浮滥了。我们很难和一个人在海岸散步，互相倾听心灵；

难得和一个人在茶屋里谈一些纯粹的事物了。朋友成为群体一般，要在啤酒屋里大杯灌酒；在饭店里大口吃肉一起吆喝；甚至在卡拉OK这种黑暗的地方，对唱着浮滥的心声。

从前，我们在有友谊的地方得到心的明净、得到抚慰与关怀、得到智慧与安宁。现在有许多时候，朋友反而使我们混浊、冷漠、失落、愚痴与不安。现代人都成为“河流型”“池塘型”“波浪型”的格局，要找有大海胸襟的人就很少了。

在现代社会，独乐与独醒就变得十分重要，所谓“独乐”是一个人独处时也能欢喜，有心灵与生命的充实，就是一下午静静地坐着，也能安然；所谓“独醒”是不为众乐所迷惑，众人都认为应该过的生活方式，往往不一定适合我们，那么，何不独自醒着呢？

只有我们能独乐独醒，我们才能成为大海型的人，在河流冲来的时候、在池塘满水的时候、在波浪推过的时候，我们都能包容，并且不损及自身的清净。纪伯伦如是说：“你和朋友分手时，不要悲伤，因为你最爱的那些美质，他离开你时，你会觉得更明显，就好像爬山的人在平地上遥望高山，那山显得更清晰。”

孤独的放生者

带孩子到国父纪念馆的湖边散步，我们看见在西边有一个行色仓皇的妇人，身边放一个水桶，正用网子从水池中捞取一些东西。

走过去时，发现她正在从池边捞取鲫鱼放进水桶。那些鲫鱼都已经死亡了，浮现出苍白的肚子，可是妇人的网子太短，捞起来显得十分辛苦。

我惊诧地问:“你怎么跑到这个池子来捞鱼呢？这是大家的湖呀！”

妇人被我一问，窘得面红耳赤，低声地道歉说:“我不是来捞鱼，是来放鱼的，我买了一百条鲫鱼来放生，放下去以后我不放心，想看看它们是不是适应这个水池，结果发现有几条死掉了。我怕别的鱼来吃它们，又怕它们死了污染水池，所以正在把死掉的鱼捞上来。”原来妇人姓朱，是三重人，她在市场里看到待宰的鲫鱼很可怜，慈悲心大起，就从家里拿来大水桶买下一百条鲫鱼。买了以后才发现没有地方放生，淡水河当然是不行的，因为淡水河老早就是鱼虾不生的河流，放下去以后鱼儿不死于屠刀，反死于污染。她灵机一动，想到国父纪念馆旁的小湖，提着鱼叫一部计程车就跑来放生了，又怕人看见她来放生，所以偷偷躲在树荫下放生。

她说:“鲫鱼是生命力很强的鱼，可能是坐车太远了，或者是水桶太小氧气不够，倒下去竟死了十几条，真是可怜呀……”说着，这四十几岁的乡下妇人竟流下泪来。

我只好安慰她:“你只要有心救度它们，也就够了，你如没有买它们来放生，说不定早就煮成味噌汤放在桌上了。”妇人这才慢慢地释然。

朱太太是第一次放生，她过去每到市场看到人杀鸡杀鸭宰鱼剥蛙，时常痛心地流下泪来，站在一旁为那些被宰杀的动物念往生咒，希望帮它们超生，后来觉得这样不彻底，因此发心要买来放生，她初发菩提心就被我遇到了。

她的家境并不富裕，也不像受过什么教育，她连国语都说不灵转，可是她的慈悲心是与生俱来的，是听起来就令人为之动容的。

后来她问我以后应该去哪里放生，使我语塞而茫然起来，想了半天想不起台北近郊有什么干净的河流。我说:“我看只有到阳明山，或者坪林、花园新城那里的河流去放。”其实说的时候，我心里也不确知这些地方的河流是不是可以生存鱼虾，但朱太太听了雀跃不已，说她下次买鱼去那里放，因为国父纪念馆的湖水看起来也十分污秽了。

她对我诚心道谢的时候，使我深深地惭愧着。

告辞了朱太太，来到湖的东边，发现在较浓密的树荫下，有七八个孩子和两个大人正拿着极长的网子在岸边捞鱼捉虾子，他们身旁的桶子里早已捕到了不少。想到刚才的朱太太，我忍不住大声地质问他们："你们怎么在这里捉鱼呢？这是大家的水池呀！"

没想到有一个大人回过头来说："这又不是你家的水池，你管什么闲事？"然后他们若无其事地又回头捞鱼，我只好去求助公园的警察，可是由于路远，警察来的时候，他们早就跑光了，只剩我，像个傻瓜站在湖边。

这时候我的孩子问我："爸爸，他们为什么要在这里捉鱼呢？"

"他们贪心，他们是小偷，把大家要看的鱼捉回家自己吃了。"我说。其实，我也不确知他们为什么在那里捉鱼，因为他们一天捉的鱼可能吃不到两口，并不能饱腹，而在那儿提心吊胆的恐怕也没有什么趣味吧！这是个奇怪的世界，放生的人因为害羞而窘迫地行善；杀生的人反而由于无耻而理直气壮地作恶。放生与杀生只是极微小的一端，在许多大事上，更多的人令我们感到失望。

回家的路上，孩子喃喃地说："爸爸，那些被捉的鱼好可怜喔！"

我抬起头来，看到天边火红的夕阳缓缓地落下，想起刚才的妇人为放生的鱼死去而落下的眼泪，那泪是晶莹剔透、光泽如玉、人间罕见的，也因为罕见，她的影子显得格外孤单，好像夕阳一照射就要消失了。

我突然想起了佛经里的一段话：

一切男子是我父，一切女人是我母，我生生无不从之受生。

故六道众生，皆是我父母。而杀而食者，即杀我父母，亦杀我故身。

一切地水，是我先身；一切火风，是我本体；故常行放生。

这是佛菩萨的境界，凡人很难达到，可是我在乡下平凡妇人的泪眼中，几乎就看见了那样的慈悲、那样的境界。

最后，我为那些捞鱼的人，深深地忏悔！

柔软心

一

我多么希望，我写的每一个字、每一篇文章都洋溢着柔软心的香味；我的每一个行为都有如莲花的花瓣，温柔而伸展。因为我深信，一个作家在写字时，他画下的每一道线都有他人格的介入。

二

日本曹洞宗的开宗祖师道元禅师，传说他航海到中国来求禅，空手而来，空手而去，只得到一颗柔软心。

这是令人动容的故事，许多人认为道元禅师到中国求柔软心，并把柔软心带回日本。其实不然，柔软心是道元禅师本具的，甚至是人人本具的，只是，道元若不经过万里波涛，不到中国求禅，他本具的柔软心就得不到开发。

柔软心不从外得，但有时由外在得到启发。

三

学禅的人若无柔软心，禅就只是一种哲学，与存在主义无异。

柔软心并不是和稀泥一样的泥巴，柔软心是有着包容的见地，它超越一切、包容一切。

柔软心是莲花，因慈悲为水、智慧作泥而开放。

四

有人问我:“为什么草木无心，也能自然地生长、开花、结果，有心的人反而不能那么无忧地过日子？”

我反问道:“你非草木,怎么知道草木是无心的呢？你说人有心，人的心又在哪里呢？假若草木真是无心，人如果达到无心的境界，当然可以无忧地过日子。”

“凡夫”的“凡”字就是中间多了一颗心，刚强难化的心与柔软温和的心并无别异。

具有柔软心的人，即使面对的是草木，也能将心比心，也能与草木至诚地相见。

五

追鹿的猎师是看不见山的，捕鱼的渔夫是看不见海的。

眼中只有鹿和鱼的人，不能见到真实的山水，有如眼中只有名利权位的人，永远见不到自我真实的性灵。

要见山，柔软心要伟岸如山；要看海，柔软心要广大若海。

因为柔软，所以能够包容一切、涵摄一切。

六

人在遇到人生的大疑、大乱、大苦、大难时，若未被击倒，自然会在其中超越而得到“定”，因定而得清明，由清明而能柔软。

在柔软中，人可以和谐、单纯，进而达致意识的统一。

野狐禅、口头禅，最缺乏的就是柔软心，有柔软心的禅者不会起差别，不会贬抑净土或密宗，或一切宗派，乃至一切众生。

七

有欲念，就有火气；有火气，就有烦恼。

柔软心使欲念的火气温和，甚至消散，当欲念之火消散了，就是菩提。

从烦恼到菩提的开关，就是柔软心。

八

佛陀教我们度化众生，并没有教我们苛求众生。我们要度化众生应在心中对众生没有一丝丝苛求，只有随顺。众生若可以被苛求，就不会沦为众生了。

随顺，就是处在充满仇恨的人当中，也不怀丝毫恨意。

随顺，就是随着充满黑暗的世界转动，自己还是一盏灯。

随顺，就是看任何一个众生受苦，就有如自己受苦一般。

随顺，是柔软心的实践，也是柔软心点燃的香。

我与我自己的影子

释迦牟尼佛住在祇园精舍的时候，有一天吃过饭在花园散步，智慧第一的舍利弗随行在后面。

这时，天空有一只老鹰追逐鸽子，鸽子便飞到佛陀的身旁躲藏，正好被佛陀的影子覆盖，躲在佛陀身影里的鸽子不再害怕不安，静静地蹲伏在那里。

不久，舍利弗跟了上来，影子覆盖在鸽子身上，当他的影子投射在鸽子身上的那一刹那，鸽子立刻不安、害怕得发抖，还发出“咕咕”的叫声。

舍利弗觉得很奇怪，就问佛陀说：“世尊！您和我都已经是断了贪嗔痴三毒的解脱者，为什么鸽子在您的影子里便不再恐怖，不出一点声音，而一被我的影子遮蔽，立刻就不安颤抖地叫起来呢？”

佛陀说：“你虽然解脱了，但是你的三毒微细的习气还没有完全断除，这习气未断尽是因为智慧没有圆满的缘故。要不然，你可以用你的神通观照这只鸽子的宿世因缘，看它的前世是什么。”

于是，舍利弗立即用宿命智慧三昧，看到那只鸽子的前世还是一只鸽子，再往前观照，一、二、三世，一直到八万大劫之前，这只鸽子一直反复投胎做鸽子，到八万大劫再往前，则不知道了。

舍利弗从三昧中出来，对佛陀说："这只鸽子八万劫来都是鸽身，再以前，我就不知道了！"

佛陀说："你既然不尽知这只鸽子的过去世，那么，试着看看它的未来世吧！"

舍利弗又入愿智三昧，看到鸽子未来的一、二、三世，直到八万大劫，都未能超出在鸽类中轮回。他使尽定力，再也无法知道八万大劫以后的情形，于是，他出定向佛陀报告在三昧中所见的情形。

佛陀说："这只鸽子在八万大劫后，再于恒河沙一样的大劫中常作鸽身，然后在五道中轮回，才转生为人。再经过五百世才有了利根，信仰佛法，受了五戒。然后再经过长达三阿僧祇劫的时间行六波罗蜜、十地具足，最后成佛度化无量的众生而进入涅槃。"

舍利弗听了佛的说明后，非常惭愧，向佛忏悔说："我对一只鸟尚不能知道它的本末，何况是诸法的实相？我现在知道佛的智慧这么广大，为了能有佛的智慧，宁愿入阿鼻地狱接受无量劫的苦，不以为难！"

这个记载在《大智度论》中的故事，说明了阿罗汉虽然解脱了烦恼，其微细的习气并未完全断除；此外，在智慧的圆满、大小也有很大的不同。舍利弗号称智慧第一，却用尽了一切神通、智慧、定力，还不能完全知道一只鸽子，佛陀在气定神闲中则了了常知，两者何异天壤！所以，龙树菩萨下结论说："舍利弗不是一切智慧，在佛的智慧里，舍利弗的智慧恍如婴儿！"

我更感兴趣的是，在这里以"影子"作为譬喻，实在有很深刻的意义。人的影子固然没有实体，却是身心延伸的一部分，成就者的影子虽是空幻，却有伟大的力量使众生处在定力之中得到安稳，佛菩萨的佛号、心咒、加持、护念等等，也是梦幻泡影一样，可是正如影子覆盖鸽子，有其内在的不可思议的力量。

与影子连结的是身体，与心相比，身体是与影子相同的东西，都是空幻不实的，是"四大本空，五蕴非有"的。要观见我们的自心，就要穿透身体与影子，这是学佛的人都知道的。可是从上面的故事我们更了解到，身体与影子仍是修行者的一部分，不但要做到心清净，也要身口意清净。最后则连影子也柔软清净，有平和的力量。

我们不要小看舍利弗，在舍利弗影子下的鸽子只是不安、颤抖、呼叫，并没有逃走飞远。如果是我们呢？鸽子被我们影子遮住的那一刹那，反应可能会与被老鹰追杀一样激烈，因为我们不但有习气、有烦恼、有三毒，甚至连杀心都还没有断除呢！这样想来，不只是忏悔、惭愧，还要发起更精进的心。

心，是我的自性、是我的身体、是我的影子，这三者是不可分的，我们的一切只是随其延伸罢了。因此，我们照顾那看来空幻的影子与身体，也都是在检点真实的心。关于这种检点，净土宗的莲池大师说得很好，他说：“人处世各有所好，亦各随所好以度日而终老，但清浊不同耳。至浊者好财，其次好色，其次好饮；稍清则或好古玩，或好琴棋，或好山水，或好吟咏；又进之，则好读书，开卷有益，诸好之中，读书为胜矣！然此犹世间法；又进之，则好读内典，又进之则好净其心，好至于净其心，而世出世间之好最胜矣！”

你能钉补虚空吗

炼得通红打一锤，
周遭无数火星飞。
十成好个金刚钻，
摊向街头卖与谁？
——保宁勇禅师

有一位以钉补为业的人叫胡钉铰，他去参访宝寿禅师，宝寿禅师问他："你不就是那个以钉补闻名的胡钉铰吗？"

胡钉铰谦虚地回答："不敢，正是在下。"

宝寿禅师说："你既然那么会钉补，你有办法钉补虚空吗？"

胡钉铰也不是等闲人物，他回答说："请师父把虚空打破，我就来钉补！"

宝寿禅师不说话，举棒便打，把胡钉铰迎头痛打一顿，胡钉铰于是求饶说："师父不是要打破虚空吗？不要错打了我呀！"

宝寿气呼呼地说："我现在不说为什么打你，日后你遇到了多嘴的师父，自然会对你点破。"

胡钉铰不能明白师父的意思，只好告辞离开，后来到了赵州禅师那里，把宝寿打他时的那一段话拿来问赵州。

赵州问他："你知道自己为什么被打吗？"

胡钉铰说："我也不知道自己错在什么地方。"

赵州说："你的虚空里就破了你这一条缝，自然该打！"

胡钉铰听了突然有所省悟。

这是非常有趣的公案，宝寿因为胡钉铰是钉补专家，所以用"钉补虚空"来开启他，胡钉铰自鸣得意地请禅师把虚空打破，认为只有先打破才能修补，万万没想到禅师举棒就是一顿好打，因为打破了外相的执着，正是在打破虚空。也可以这么说：胡钉铰不能了解空义，自己犹如虚空的一道裂缝，自己都不能修补我执的裂缝，谈什么修补虚空呢？幸好赵州禅师为他点破，使他得悟。

鼓山珪禅师后来为这个公案写了一首诗：

一缝分明在，
当头下手难。
饶君钉铰得，

终是不完全。

意思是那一道裂缝分明在那里，可是要下手去缝补是很难的，即使能补得好，也不是原来那么完全了。

这个公案使我们了解禅师的教化是很重视对象、时机、方法的，如果胡钉铰不是钉补为业，宝寿禅师不会用修补虚空来教化，而当时不说破，是要给他一个反省的时间，这个方法对胡钉铰适用，对别的弟子就不适用了。

我们展读禅宗公案，有时候难以体会，原因是，禅师的教化很重视个别的差异、个别的开导，那是因为每一个人的病需要不同的药，这就是“应病与药”“因机说法”，所以我们要理解公案，就要回到公案发生的现场去体悟，去进入那一个个个别开导的对象、时机与方法，才能有所会通，公案也就不是那么难以领会了。

大慧宗杲禅师曾经说过，只要能对症下药，有时候捡一根草也能治病，如果不能对症，就是人参、朱砂等贵重的药材也没有用处。因而我们读禅的公案，如果有不能理解的地方，也不必妄自菲薄，那是因为我们不在那个时机里面，我们也不是那个对象。当然，如果能有省悟就更好了。

我们现在再来举一个公案，说明时机与对象的重要：日本曹洞宗的祖师道元禅师，有一天看到一位年老的典座（典座就是寺庙里主厨的人）拄着手杖在晒香菇，他的眉毛全白了，背也驼了，他已经八十六岁了，还在大太阳下晒香菇。

道元看了不忍，说："这种工作为什么不找别人来做呢？"

老典座说："别人不是我呀！"

道元说："你的见解很高超，不过，现在太阳这么大、这么强烈，你何必这么辛苦呢？"

老典座回答说："如果不是现在，不是太阳这么大，那么，什么时候我才能晒这些香菇！"

这真是精彩的对话，是两位开悟者之间的应答，开示我们当下的时机是多么重要，这正是《请益录》里说的："或出或处，或语或默，都为佛事。"是把世法和佛法打成一片了。但这打成一片，需要时机、对象、方法，缺一不可。

我们再来看一个故事：从前有一位尼姑去参访西余净端禅师，禅师告诉她第二天的三更五点再来。第二天一大早，西余净端禅师搽粉点胭脂，扮成女人的样子坐着，尼姑进来，见到禅师扮的女人，大吃一惊，当下就开悟了！

禅的启发开悟就是如此奇妙，就像打铁时飞起的火星，有时与最好的金刚钻一样，只是不知要卖给谁，如果我们正站在十字街头，恰好时机也对，就买到了。

回到自己的居处

把蛇、鳄鱼、鸟、狗、狐狸、猴子分别用绳子绑起来，然后把绳子连结在一起，放它们逃生。

这时候，六种动物一定都按照习性想逃回自己的居处。蛇要回到洞里、鳄鱼要回到河里、鸟要飞入空中、狗要回去村落、狐狸欲奔回原野、猴子想回去森林的树上，因此它们相互争斗，最后被力气最大的一只动物拖着前进。

这是佛经的譬喻，人也像这样，被眼、耳、鼻、舌、身、意六种根本欲望牵着前进，哪一种欲望最强烈，我们就被那种欲望支配。在欲望的焚烧中，就会使我们有无边的痛苦，正如动物们找不到它们的归宿。

我们有幸生而为人，又是六根健全，就应该擅自珍惜，好眼睛要用来见光明、好耳朵要观世音、好鼻子要闻自性芳香、好舌头要开演妙法、好身体要实践利他、好头脑要有正念……然后慢慢回归心田，止息六欲的追求，不再被欲望支配。这时，才算回到自己安居的所在。

在《楞严经》里，有一次佛陀随手取了一条手帕，打成一个结，然后问弟子："这叫什么名字？"阿难和众弟子同声说："这叫作'结'。"

接着，佛陀依次在手帕上打了六个结，按次第每打一结都问："这叫作什么名字？"阿难和众弟子说："这也叫作'结'。"

佛陀就告诉弟子，这六个结是依次结成，因此第一个结和第六个结都不一样，虽然都是结，但应该把第一个打成的叫"第一个结"，依次类举，第六个打成的就叫"第六个结"。这是"巾体是同，因结有异"，人的六根（眼耳鼻舌身意）也是这样，本是同一性质，却有不同的名字，这是"毕竟同中，生毕竟异"。

佛陀问弟子："如果认为六个结是多余的，只想进入本质，如何才能做到呢？"

阿难说："如果把所有的结解开，结既然不生，就没有了彼此，一个结的名称都没有，何况是六个呢？"

佛陀说："六解一亡，亦复如是，由汝无始心性狂乱，知见妄发，发妄不息，劳见发尘。如劳目睛，则有狂华，于湛精明，无因乱起，一切世间山河大地生死涅槃，皆即狂劳颠倒华相。"

这一段，佛陀说明了世间的事物都是妄心的发动，就像眼睛疲劳时在眼前舞动的狂花一样。

最后，佛陀甩动手里的手帕，问道："我现在左右拉动手帕，都不能解开这些结，到底要怎样才能解开呢？"

阿难说："要想解开这些结，应该从结心着手。"

佛陀说："对的，如果要除掉这些结，应该从结心开始……阿难！这就像我们要解脱六根，应该从六根的结来解，根结如果除去了，尘相妄想自然消灭，到这时就只留下自性的真实了。我再问你，这条手帕的六个结，可不可能同时解开呢？"

阿难说："不行的，因为结是次第打成，应该依照次第打开才行。"

佛陀说："六根解除，亦复如是，此根初解，先得人空，空性圆明，成法解脱，解脱法已，俱空不生，是名菩萨从三摩地，得无生忍。"（要想解脱六根，也是一样的道理，六根的生理活动能得到解脱，就能得到人空无我的境界，到空性圆明自在，就得到法的解脱，法既然解脱无缚，连空的境界也不生起，这就是菩萨从三昧正定，安住于不生不灭的实相里了。）

看到佛陀对弟子的精彩教化，使我们知道要自性清净，必须从六根清净入手，用禅师的话说就是"在六根门头，寻得解脱"，那等于回到自己的自性居处一样。

可叹息的是，我们通常只看到打成的结，却忘记了手帕乃是结的本质了。

检点自己的宝盒

眼光随色尽，
耳识逐声销。
还源无别旨，
今日与明朝。
——越山师鼐禅师

有一位朋友失去了至亲的人，曾经有一段日子感到非常悲伤哀痛，几乎失去生命的勇气，每次听到忧伤的歌就流泪，看到往昔的照片就悲不能抑，于是尽最大的可能不去碰触任何会使自己痛苦的事物，久而久之，整个人就像失去神智一样。

朋友在谈起那段时间的心境时，神态平静，眼神里有超越的光。

“那么，你是怎么度过的呢？”

“有一天，我想到日子仍然要过下去，但是不能这样过下去，于是开始写日记，希望把自己的心情记录下来，例如什么使我悲伤？我最怀念的事物是什么？哀伤可以把我打击到什么程度？我把它一点儿一点儿拿出来看，然后写下来，本来混沌的心经过一段时间就逐渐清明起来了。”

在记录自己身心的过程里，朋友逐渐看见忧伤的本质，再过一段时间，他在日记里记载下一些自己想做还没做的事、自己未了的心愿，那些对未来的观点竟如同在烂泥中突然长出几棵翠绿的幼苗，他说：“真的好像看见在悲伤中的希望，是绿色的幼苗。”

经过了这样清明的观察与体验，他的心境得到转化，凡是遇到从前使自己悲伤的事物，本来很自然就要转过头逃开，但是，他立刻站定，更仔细地去看那些事物。例如从前每次一听就要哭的歌，这时停下来仔细地听，一遍一遍，听到自己不哭为止，甚至去检视那哭与不哭的界线。

朋友说：“我知道要改变心境最好的方法不是去压抑或逃避它，而是去正视和检点。就好像我们有一个宝盒，里面装了许多混乱的东西，整理这个宝盒最好的方法，是把宝盒打开，一样一样拿出来检点，再装回去，摆好位置，然后把一些不好的、次要的、装不回去的东西舍弃掉。如果不经过检点，便把宝盒关上，那么，就会常常在不小心的时候，宝盒里的东西就掉出来了。”

听了朋友的话，我心里十分感动，我说：“你的这整个历程就是一种修行呀！”

因为，当我们说“修行”时，最简单的意思是“修正自己的行为”，行为乃是由心境造成的，因此检点自己的心正是修行的初步，正如《碧岩录》中所说：“但去静坐，向他句中点检看。”一个人一旦能清楚地检点自己的心，这时虽然也有烦恼与波动，也不会失去其清明。

若能检点自心，即能不被外境所转动，就不至于被快乐或忧伤所染着了。这种看清，就是一种悟，就像清凉澄观禅师说的：“迷则人随于法，法法万差而人不同；悟则法随于人，人人一智而融万境。”“唯忘怀虚朗，消息冲融。其犹透水月华，虚而可见；无心鉴象，照而常空也。”

在告辞朋友的时候，我忍不住想起一句禅师的用语对朋友说：“从此，再也没有什么可以奈何得了你了！”

走出巷口，发现台风正在大声呼号，狂风暴雨交织在夜空之中，想到这强大的风雨正如人生的风雨，终有清明之时，那是因为我们看清了风雨的背后有一个广大湛蓝的天空。我们的宝盒虽然零乱，只要一再检点，总有理清的一天。

于是，我仰起头，看风雨之夜，让雨水交加，心里浮起空海大师的两句话：

不要制止风，愿将此身化为风；
不要制止雨，愿将此身化为雨。

日日是好日

云门文偃禅师有一天把弟子召集在一起，说:“十五日以前不问汝,十五日以后道将一句来！”弟子听了面面相觑,他自己代答说:“日日是好日。”这段公案非常有名,有许多研究禅宗的学者都解过,但我的看法是不同的。这段话翻译成白话是:“开悟以前的事我不问你们了，开悟以后的情境，用一句话说来听听！”学生们正在想的时候，他就说了:“天天都是好日子呀！”

为什么云门禅师用“十五日”来问呢？因为十五是月圆之日，用来象征见性的圆满，还没有圆满之前的心性是有缺陷的，一旦觉行圆满，当然天天都是好日子了。

“日日是好日”很能表现禅宗的精神，就是见性开悟是最重要的事，没有比开悟更重要的了。在我们没有开悟的时候看禅宗的公案，真像丈二金刚摸不到头脑，一旦开悟再回来看公案，就像看钵里饭，粒粒晶莹；看桶里水，波波清澈；看掌上纹，条条明白；看山河大地草木，一一都是如来。

云门禅师还有一个有名的公案，有一天他遇见饭头（厨房的伙夫），就问饭头说:“汝是饭头吗？”饭头说:“是。”禅师问他说:“米里有几颗？颗里有几米？”饭头无法回答，禅师就说：“某甲瞻星望月。”

从前我读这个公案，感到莫名其妙，现在总算抓到一点儿灵机。当禅师说“米里有几颗？颗里有几米”的时候，问的正是“自性”与“身体”的关系，也是“法身”与“报身”的关系，翻成白话可以说是：“你见到身体里有佛性，佛性里有身体吗？”饭头没有这种体证，无法回答，禅师就开示他：“你看星星的时候，也要看到月亮呀！”

可惜，一般人看星星时，总看不到月亮，只注意小小的身体，而见不到伟大光明的圆满如月的佛性。

再回到“日日是好日”，对于见性人，知道心性大如虚空，包含一切江月松风、雾露云霞，那么一切的横逆苦厄都是阴雨黄昏而已，对虚空有什么破坏呢？当我们有一个巨大的花园时，几朵玫瑰花的兴谢，又有什么相干呢？

日日是好日，使我们深切知道自在无碍明朗光照的人生不是不可为的，因为日日是好日，所以处处是福地，法法是善法，夜夜是清宵。

永嘉玄觉禅师在《证道歌》里说：

> 一性圆通一切性，一法遍含一切法，一月普现一切水，一切水月一月摄。诸佛法身入我性，我性同共如来合，一地具足

一切地，非色非心非行业。

由于佛性不受染，不可毁不可赞，如如不动，所以才是“日日是好日”，这不是梦想，而是实情。云门所说的“米里有几颗？颗里有几米”，也正是永嘉《证道歌》中的“取不得舍不得，不可得中只么得”。我们如果想过“日日是好日”的生活，没有别的方法，十五日以前不必说它，觉悟！觉悟！今天就是十五日了。

○

贰

修得一颗柔软心

报岁兰

花市排出了一长排的报岁兰，一小部分正在盛开，大部分是结着花苞，等待年风一吹，同时开放。报岁兰有一种极特别的香气，那香轻轻细细的，但能在空气中流荡很久，所以在乡下有一个比较土的名字叫“香水兰”，因为它总是在过年的时候开，又叫作“年兰”，在乡下，“年兰”和“年柑”一样，是家家都有的。童年时代，每到过年，我们祖宅的大厅里，总会摆几盆报岁兰和水仙——浅黄浅红的报岁兰和鲜嫩鲜白的水仙，一旦贴上红色对联，就成为一个色彩丰富的年景了。乡下四合院，正厅就是祖厅，日日都要焚烧香烛，檀香的气息和报岁兰、水仙的香味混合着，就成为一种格外馨香的味道，让人沉醉。我如今想起祖厅，仿佛马上就闻到那个味道，鲜新如昔。

我们家的报岁兰和水仙花都是父亲亲手培植的，父亲虽是乡下平凡的农夫，但他对种植作物似乎有特殊的天生才能，只要是他想种的作物很少长不成功的。父亲在世的时候，我们家的农田经营非常多元，他种了稻子、甘蔗、香蕉、竹子、槟榔、椰子、莲雾、橘子、柠檬、番薯，乃至于青菜。中年以后，他还开辟了一个占地达四百公顷的林场，对于作物的习性可以说了如指掌。

我小学六年级的时候，父亲不知从哪里知道了种花可以赚钱，在我们家后院开建了一个广大的花园，努力地培育两种花，一种是兰花，一种是玫瑰花。那时父亲对花卉的热爱到了着迷的程度，经常看花卉的书籍到深夜，自己研究花的配种，有一年他种出了一种“黑色玫瑰”，非常兴奋，那玫瑰虽不是纯黑色，但它如深紫色的绒布，接近于黑的程度。

对于兰花,他的心得更多。我们家种兰花的竹架占地两百多平，一盆盆兰花吊在竹架上，父亲每天下田前和下田后都待在他的兰花园里。田地收成后的余暇，他就带着一把小铲子独自到深山去，找寻那些野生的兰花，偶有收获，总是欢喜若狂。

在爱花种花方面，我们兄弟都深受父亲的影响，是由于幼年开始就常随父亲在花园中整理花圃的缘故。但是在记忆里，父亲从未因种花而得什么利润，倒是把兰花的幼根时常送给朋友，或者用野生兰花和朋友交换品种，我们家的报岁兰，就是朋友和他交换得来的。

父亲生前最喜欢的兰花有三种，一是报岁兰，一是素心兰，一是羊角兰。他种了不少名贵的兰花，为何独爱这三种兰花呢？记得有一次他对我说:“有很多兰花很鲜艳很美，可是看久了就俗气；有一些兰花是因为少而名贵，其实没什么特色；像报岁兰、素心、羊角虽然颜色单纯，算是普通的兰花，可是它朴素，带一点儿喜气，是兰花里最亲切的。”

父亲的意思仿佛是说:朴素、喜乐、亲切是人生最可贵的特质，这些特质也是他在人生里经常表现出来的特色。

我对报岁兰的喜爱就是那时种下的。

父亲种花的动机原是为增加收入，后来却成为他最重要的消遣。父亲没有什么特别的嗜好，只是喜欢喝茶、种花、养狗，这三种嗜好一直维持到晚年，他住院的前几天还是照常去公园喝老人茶，到花圃去巡视。

中学的时候，我们家搬到新家，新家是在热闹的街上，既没有前庭，也没有后院，父亲却在四楼顶楼搭了竹架，继续种花。我最记得搬家的那几天，父亲不让工人动他的花，他亲自把花放在两轮板车上，一趟一趟拉到新家，因为他担心工人一个不小心，会把他钟爱的花折坏了。

搬家以后，父亲的生活步调并没有改变，他还是每天骑着他的老爷脚踏车到田里去，每天晨昏则在屋顶平台上整理他的花圃，虽然阳台缺少地气，父亲的花卉还是种得非常的美，尤其是报岁兰，一年一年地开。

报岁兰要开的那一段时间，差不多是学校里放寒假的时候，我从小就在外求学，只有寒暑假才有时间回乡陪伴父亲。报岁兰要开的那一段日子，我几乎早晚都陪父亲整理花园，有时父子忙了半天也没说什么话，父亲会突然冒出一句：“唉！报岁兰又要开了，时间真是快呀！”父亲是生性乐观的人，他极少在谈话里用感叹号，所以我每听到这里就感慨极深，好像触动了时间的某一个枢纽，使人对成长感到一种警觉。

报岁兰真是准时的一种花，好像不过年它就不开，而它一开就是一年已经过去了，新年过不久，报岁兰又在时间中凋落，这样的花，它的生命好像只有一个特定的任务，就是告诉你：“年到了，时间真是快呀！”人的一生中，无常还不是那么迫人的，可是像报岁兰，一年的开放就是一个鲜明的无常，虽然它带着朴素的颜色、喜乐的气息、亲切的花香同时来到，在过完新年的时候，还是掩不住它的惆怅。

就像父亲，他的音容笑貌时时从我的心里映现出来，我在远地想起他的时候，这种映现一如他生前的样子，可是他已经不在这个世上了。我知道，我忆念的父亲的容颜虽然相同，其实忆念的本身已经不同了，就如同老的报岁兰凋谢，新的开起，样子、香味、颜色没什么不同，其实中间已经过了整整的一年。

偶然路过花市，看到报岁兰，想到父亲种植的报岁兰，今年那些兰花一样的开，还是要摆在贴了红色春联的祖厅。唯一不同的是祖厅的神案上多了父亲的牌位，墙上多了父亲的遗照，我们失去了最敬爱的父亲。这样想时，报岁兰的颜色与香味中带着一种悲切的气息：唉！报岁兰又开了，时间真是快呀！

孔雀菜

带孩子上菜市场，偶然间看到一个菜贩在卖番薯叶子，觉得特别眼熟。

番薯叶子是我童年在乡下常吃的青菜，那时或许也不能算是青菜，而是种番薯的副产品。番薯是最容易生长的作物，旧时乡间每一家都会种番薯田，尤其是稻子收成以后，为了使土地得到调节，并善用地力，总会种一些番薯，等到收成以后再播下一季的稻子。

那些年，番薯为乡间农民做了很大的贡献，好的番薯可以出售，可以果腹以补白米的不足，较差的则可以用来养猪。番薯叶也是养猪用的，所以在乡下叫“猪菜”，但大人们觉得养猪也可惜，总是把嫩的部分留下来，作为佐餐的菜肴。三十年前，不太有多吃青菜的观念，只要能吃饱就很不错了，因此，番薯叶子几乎是家庭里最常见的青菜。在市场里看到番薯叶子，忍不住对孩子说起童年关于番薯叶子的记忆。

孩子专注地聆听，似懂非懂，听完了，突然举起小手指着番薯叶子说：“这应该叫孔雀菜！”“孔雀菜？为什么要叫孔雀菜呢？”我惊奇地问。“因为它长得真像孔雀的尾巴。”我拿起摊子上摆着的番薯叶子，仔细端详，果然发现它的样子像极了孔雀尾巴，它的梗笔直拉高，末端的叶子青翠怒放，尤其是有一些圆形的品种，张开来，简直就是开屏时的孔雀了。

四岁孩子的观察力与想象力深深地震撼了我。在过去，番薯叶子对我是一种贫苦生活的象征，因为我和千千万万台湾的农家子弟一样，经历了物质匮乏的苦，所以看到番薯叶子，那些苦的生活汁液便被搅动了。可是对于我的孩子，他生命里还没有苦的概念，因此在最平凡最卑贱的番薯叶子里竟看见了孔雀一般的七彩之美，番薯叶子对他便成为一种美丽与快乐的启示了。

从那一次以后，我们家就把番薯叶子称为“孔雀菜”，吃的时候仿佛一切的苦难都消失了，只留下那最快乐的部分，而这平凡卑微的菜式也变得格外的高贵精美了。

可见，一个人对于苦乐的看法并不是一定，也不是永久的，就如同我现在回想童年生活，感觉到它有许多苦的部分，其实苦中有乐，而许多当年深以为苦的事，现在想起来却充满了快乐。

乞丐中的乞丐

苦乐非但是随着时间空间而有不同的感受，并且也是纯主观的，在这个世界上，主观地说可能有最苦的人或最苦的事件，可是在客观里，人的苦乐就没有“最”字了。

就像孔子的学生颜回，他居陋巷，曲肱而枕之，一箪食，一瓢饮，人不堪其忧，回也不改其乐。最值得注意的是“忧”和“乐”两个字，对一般人来说，颜回那么简单的生活，几乎是最苦的了，但他却不以为苦，反而觉得那是一种无上的快乐。这种境界，古来许多修习头陀苦行的禅师必然体会得最深刻，即使是近代，像人道主义者史怀哲，像伟大的教育者海伦·凯勒，像拯救印度的甘地，乃至深怀人类苦难悲愿的德蕾莎修女，他们不都是以苦为乐，成就了令人崇仰的志业吗？

痛苦和快乐是没有一定的道理的！

我记得小时候，我的父亲说过一个故事，他说从前有个乞丐，从这个乡村走到另一个乡村去乞讨金钱，路途的跋涉自不在话下，但是他在那个乡村从早到晚，只讨到一点点的钱，黄昏的时候他悲哀地想着：“我一定是这个世界上最可怜的人了，做了乞丐还不要紧，居然走了一天路，还讨不到钱，天底下还有像我这么可怜的人吗？”

于是，他悲痛地走回他居住的乡村，但是一路上他遇到好几位乞丐，衣服比他更破烂，身体比他更瘦弱，走过来向他伸手要钱，他看到那些乞丐，忍不住百感交集落下泪来，想到：“原来天底下还有比我更可怜的人！”

故事的结局是老套，这位乞丐从此改变了人生观，奋发向上，终于成为一个有用的人。

这个故事留给我很深的印象，因为它有一个深刻的哲理：“除非我们自认为是世界上最可怜的人，否则我们一定不是最可怜的人。”苦乐乃是比较级的，没有了比较，苦乐就不会那么明显了。这个道理，梁启超曾写过一篇《惟心》，分析得最为透彻，我且引几段来看！

> 戴绿眼镜者，所见物一切皆绿；戴黄眼镜者，所见物一切皆黄；口含黄连者，所食物一切皆苦；口含蜜饴者，所食物一切皆甜。一切物果绿耶？果黄耶？果苦耶？果甜耶？一切物非绿、非黄、非苦、非甜；一切物亦绿、亦黄、亦苦、亦甜；一切物即绿、即黄、即苦、即甜。然则绿也、黄也、苦也、甜也，其分别不在物而在我，故曰“三界惟心”。
>
> 天地间之物，一而万，万而一者也。山自山，川自川，春自春，秋自秋，风自风，月自月，花自花，鸟自鸟，万古不变，无地不同。然有百人于此，同受此山、此川、此春、此秋、此风、此月、此花、此鸟之感触，而其心境所现者百焉；千人同受此感触，而其心境所现者千焉；亿万人乃至无量数人同受此感触，而其心境所现者亿万焉，乃至无量数焉。然则欲言物境之果为何状，将谁氏之从乎？仁者见之谓之仁，智者见之谓之智，忧者见之谓之忧，乐者见之谓之乐，吾之所见者，即吾所受之境之真实相也。故曰：惟心所造之境为真实。

梁启超的文字典雅明白，让我们看到苦乐的感受其实是主观的认定，这是庄子所说“子非鱼，安知鱼之乐”的道理。梁启超还有一段谈苦乐的文章，更精确地指出苦乐非但是主观的，而且是比较的，他说：

三家村学究得一第，则惊喜失度，自世胄子弟视之何有焉？乞儿获百金于路，则挟持以骄人，自富豪视之何有焉？飞弹掠面而过，常人变色，自百战老将视之何有焉？一箪食，一瓢饮，在陋巷，人不堪其忧，自有道之士视之，何有焉？天下之境，无一非可乐、可忧、可惊、可喜者，实无一可乐、可忧、可惊、可喜者。乐之、忧之、惊之、喜之，全在人心。所谓天下本无事，庸人自扰之。境则一也，而我忽然而乐，忽然而忧，无端而惊，无端而喜，果胡为者！如蝇见纸窗而竞钻，如猫捕树影而跳掷，如犬闻风声而狂吠，扰扰焉送一生于惊、喜、忧、乐之中，果胡为者！若是者，谓之知有物而不知有我；知有物而不知有我，谓之我为物役，亦名曰：心中之奴隶。

明白了这一层道理，苦乐又何足惧哉！

一切由己，自在安乐

从佛教的观点来看，苦乐的哲学则更可以了然，释迦牟尼在《遗教经》里有五段谈到知足：

汝等比丘，若欲脱诸苦恼，当观知足。知足之法，即是富乐安隐之处。知足之人，虽卧地上，犹为安乐；不知足者，虽处天堂，亦不称意。不知足者，虽富而贫；知足之人，虽贫而富。不知足者，常为五欲所牵，为知足者之所怜悯。是名知足。

佛陀进一步指出一个人快乐的来源，就是“知足”，另一个快乐的来源是“少欲”。《遗教经》另一章说：

汝等比丘，当知多欲之人，多求利故，苦恼亦多；少欲之人，无求无欲，则无此患。直尔少欲，尚宜修习，何况少欲能生诸功德。少欲之人，则无谄曲以求人，意亦复不为诸根所牵，行少欲者，心则坦然，无所忧畏，触事有余，常无不足。有少欲者，则有涅槃，是名少欲。

这真是智慧之言，因为能少欲无为，所以能身心自在，如果我们把心量放大，再回来看苦乐，那苦乐就更不足道，佛陀在《四十二章经》中，说出了一个悟道者的真知灼见：

吾视王侯之位，如过隙尘。视金玉之宝，如瓦砾。视纨素之服，如敝帛。视大千界，如一诃子。视阿耨池水，如涂足油。视方便门，如化宝聚。视无上乘，如梦金帛。视佛道，如眼前华。视禅定，如须弥柱。视涅槃，如昼夕寤。视倒正，如六龙舞。视平等，如一真地。视兴化，如四时木。

一个人假如能悟到如此巨大伟岸，苦乐再大，也自然无波。我们虽不能像佛陀有那样深广无上的智慧，但我们可以体会那样的智慧，也就不会为世苦所染着了。我们若能自我清洗、自我把持，减少外境的干扰，则较清净喜乐的人生并不是不可能的。在《大般涅槃经》里有一小段话是值得记诵的：

一切属他，则名为苦；一切由己，自在安乐。

我们所说对苦乐的真实认识，也不是那么难以达到。我有一次坐出租车，就曾被出租车司机深深地感动，那个司机原来是一家贸易公司的小主管，他服务的公司倒闭了，一时之间找不到合适的工作，只好去开出租车，他说：“我刚开始开出租车时，心情非常郁闷苦恼，时常想到我过去曾经有大的抱负，没想到沦落到来开出租车。而且出租车不是那么容易开的，新手忙了一整天所赚的钱可能还不如老手开个几小时。有一天，我早上八点就出门了，一直开到晚上十点，说起来你不会相信，只赚了两百多块，不管怎么努力开，不是找不到客人，就是客人刚刚坐上别的出租车。那时的心情很难形容，我感觉到人生的绝望，我沦落来开出租车已经很惨了，我想天下没有比我更悲惨的出租车司机，跑了十四个小时，只收到两百块，连油钱都赚不回来。我就想，自杀算了！活在这个世界上还有什么意思呢？结果正想死的时候，遇到路边发生车祸，一家三口都受伤了，两个重伤，一个轻伤，我急忙把他们送到医院去，往医院的路上，我虽然为那家人难过，但自己的心情突然开朗，觉得我是很幸运的人了，四肢完好，身体也健康，年轻力壮，还能开出租车赚钱，比起那些受伤、残废、躺在医院里的人幸福得多了。”

世间何者最快乐

一个出租车司机就这样重生，因为他从生活中体会到苦乐的智慧，知道自己再苦，总有比我们更苦的人，积极的人生观就是这样建立起来的。我们其实也很容易像出租车司机一样，体会那种苦乐转换的心境，因为那原是一体的两面。汉武帝有一首短歌，颇能道出这种心情：

欢乐极兮哀情多，

少壮几时兮奈老何！

佛经里讲到苦乐更是拨开两面，直趋究竟，认为一切的苦是“苦苦”，就是人人认为的苦，那是苦的；而一切的乐是“乐苦”，就是看出快乐也是一种苦，是一种断灭之苦，当人失去快乐的时候，就是苦了。

我们来看看佛经的两个故事：

有四个新学比丘，一天在讨论“世间以何为最快乐”的问题。甲说：“春情美景百花争妍，身游其间，最为快乐。”乙说：“宗亲宴会，大吃特吃，最为快乐。”丙说：“多积财宝，富贵傲人，最为快乐。”丁说：“妻妾满堂，夸耀乡里，最为快乐。”四个人各执己见，争论不休，刚好被佛听见，就告诫他们道：“汝等学佛，未循正道修养，误以世法为乐，春景刚至，秋来摧残，有何快乐？胜会不常，盛筵易散，有何可乐？钱是五共（水浸、火烧、贼偷、子败、官没）之物，得来辛苦，散去忧虑，有何快乐？妻妾满堂，难免生怨死离，有何快乐？真正快乐，唯在解脱烦恼，证入涅槃！”

另一个故事是：从前有个信佛的普安王，请了邻国四个国王来聚餐，讨论到世间以什么事为最快乐。甲王说：“旅游最快乐。”乙王说：“和爱人在一起听音乐最快乐。”丙王说：“家财万贯，一切如意，最快乐。”丁王说：“有大权力，控制一切，最快乐。”普安王说：“各位所说的都是痛苦之本，忧畏之源，不是真正的快乐；须知乐极生悲，乐为苦薮，得势凌人，失势被辱。唯有信奉佛法，寂静无染，无欲无求，然后证道，才是人生第一乐事。”

如蜂采花，但取其味，不损色香

人世间的苦痛不外乎是贫穷、疾病、孤独、死亡、爱欲不能圆满等等，这原是无可奈何之事，但如果我们能往前回溯，心情一如赤子，则番薯菜叶也自有孔雀开屏的丰采，自然能活得多一点点心安、多一点点自在。

在无穷的岁月里，我们今生的百年只是一瞬间，在这一瞬间，我们如果能多认识自我的心灵，少一点儿名利的追逐；多一些境界的提升，少一点儿物欲的沉沦；那么过一个比较知足快乐的生活并不太难，忘乎苦乐的出世观照非寻常人能够，但入世生活如果能依佛所说:“于好于恶，勿生增减……如蜂采华，但取其味，不损其味，不损色香。”一方面体会生命的种种滋味，一方面浅尝即止不使自己受到伤害，则面对或苦或乐时也能坦然处之了。

一饷安乐

前一阵子在点烛供佛的时候，不小心泼倒了烛油，半个右手掌被烛油所覆盖，热疼难当，赶紧跑去找医生敷药，打消炎针、破伤风针，经过一个多月，伤口虽然痊愈，却撕去了右掌一半的皮肤，呈褐黑色一片，医生说："这皮肤不可能再复原了，将就着用了。"

于是每次工作时，我就会看见自己黑了一半的手掌，心里颇有感触，想到从前我常常对人说"四大皆空，五蕴无我"，切不要执着于身体的感受；我也常对人说病是好的、痛是好的，都可以消除我们的业障；甚至我也常对人夸口说要随时有舍身的准备，何必在乎身心小小的痛楚呢？

但是当我自己被灼伤的时候，那种痛彻心扉、深入骨髓的感受，却使我觉得身体这个"假合"是如此真实，理论上是四大皆空，实际上则难以达到那样的境界。到了晚上更是灼疼难忍，一个手掌肿得像拳套一样，而且要摆定一处，稍微一动则如万针齐刺，痛得流泪。病痛固然是消业的方法，可是众生在病痛中挣扎折磨确是无可奈何的事呀！

每次我夜里因手痛睡不着觉，爬起来吃止痛剂的时候，就为自己的定力薄脆而感到惭愧，但是也想到人间之苦难有许多大于手掌的灼伤，那些受苦众生不知如何度过种种折磨？这样想时，使我坐在长夜的窗口，看着明媚的星星，心里却有着沉重的背负。

为了锻炼自己的定力，手痛的那一段时间，我仍然继续写稿工作,用左手捉稳右手腕,一笔一画慢慢刻写,每写一个字都痛彻心扉。这使我想到女作家杏林子的写作，从前听她谈到写作的艰难，无法体验她的毅力与勇气，最近才稍稍体会到。当满头大汗、疼痛地工作后，我就想到更多没有手、无法工作的人。一个人活在这个世界还能工作、还能做一些对人群有益的事，是值得感恩和庆幸的。

手受伤的一个多月使我知道，一切对菩提与超越的理论我们都很容易懂，可是在接受考验时还能有超越的心、还能有充满柔软的智慧与深沉的定力是多么不易，这需要有一个坚实的力量，这力量是由实践与修行而来的。

最近读净土宗祖师莲池大师的《竹窗随笔》，里面有好几章谈到他受“汤厄”时的反省和感受。所谓“汤厄”，是有一次莲池大师沐浴时，失足跌入沸水中，从脚掌到臀部全被烫伤，躺在床上疗治了两个多月才好，情境比我严重得多，我们来看看其中的一段：

> 虽备历诸苦，而于苦中照见平日过咎，生大惭愧、发菩提心。盖平日四大无恙，行坐随意、眠起随意、饮食随意、谈笑随意，不知其为人天大福也。安享此福，无复思念六道众生；且我此一饷安乐时，地狱众生，挫、烧、舂、磨者，不知经几许苦矣！饿鬼众生，饮铜食血者，不知经几许苦矣！畜生众生，

衔铁负鞍、刀割鼎烹者，不知经几许苦矣！纵得为人，而饿寒逼迫，服役疲劳者、疾病缠绵者、眷属分离者、刑罚责治者、牢狱监禁者、征输困乏者、水溺火焚而死者、蛇螯虎啮而死者、含冤负枉而死者，其苦亦不知几许？而我弗知也。自今以后，得一饷安乐，即当思念六道苦恼众生，摄心正意，愿早成道果，普济含识，俾齐生净土，得不退转，刹那自肆，何以上报佛恩而下酬檀信也？励之哉！

当我们在片刻安乐的时候，可以走来走去，要吃就吃、要睡就睡，聊天、喝茶、逛街，这都是应该感恩的大福报，我们闭起眼睛想想悲苦的众生吧！如果我们不幸遭逢到苦难，就想想那些比我们更苦难的众生吧！

静心一想，要有更大的惭愧，更深的菩提心，才能朗然独醒，做大丈夫的事业！

晴窗一扇

登山界流传着一个故事，一个又美丽又哀愁的故事。

传说有一位青年登山家，有一次登山的时候，不小心跌落在冰河之中，数十年之后，他的妻子到那一带攀登，偶然在冰河里找到已经被封冻了几十年的丈夫。这位被埋在冰天雪地里的青年，还保持着他年轻时代的容颜，而他的妻子因为在尘世里，已经是两鬓飞霜年华老去了。

我第一次听到这个故事时，整个胸腔都震动起来，它是那么简短、那么有力地说出了人处在时间和空间之中确实是渺小的，有许多机缘巧遇正如同在数十年后相遇在冰河的夫妻。

许多年前，有一部电影叫《失去的地平线》，那里是没有时空的，人们过着无忧无虑的快乐生活。一天，一位青年在登山时迷路了，闯入了失去的地平线，并且在那里爱上一位美丽的少女。少女向往着人间的爱情，青年也急于要带少女回到自己的家乡，两个人不顾大家的反对，越过了地平线的谷口，穿过冰雪封冻的大地，历尽千辛万苦才回到人间。不意在青年回头的那一刻，少女已经是满头银发，皱纹满布，风烛残年了。故事便在优雅的音乐和纯白的雪地中揭开了哀伤的结局。

本来，生活在失去的地平线的这对恋侣，他们的爱情是真诚的，也都有创造将来的勇气，他们为什么不能有圆满的结局呢？问题发生在时空，一个处在流动的时空，一个处在不变的时空，在他们相遇的一刹那，时空拉远，就不免跌进了哀伤的迷雾中。

最近，台北在公演白先勇小说《游园惊梦》改编的舞台剧，我少年时代几次读《游园惊梦》，只认为它是一个普通的爱情故事，年岁稍长，重读这篇小说，竟品出浓浓的无可奈何。经过了数十年的改变，它不只是一个年华逝去的妇人对风华万种的少女时代的回忆，而是对时空流转之后人力所不能为的忧伤。时空在不可抗拒的地方流动，到最后竟使得“一朝春尽红颜老，花落人亡两不知”。

“时间”和“空间”这两道为人生织锦的梭子，它们的穿梭来去竟如此无情。在希腊神话里，有一座不死不老的神仙们所居住的山，山口有一个大的关卡，把守这道关卡的就是“时间之神”，它把时间的流变挡在山外，使得那些神仙可以永葆青春，可以和山和太阳和月亮一样永恒不朽。

作为凡人的我们，没有神仙一样的运气，每天抬起头来，眼睁睁地看见墙上挂钟嘀嘀嗒嗒走动匆匆的脚步，即使坐在阳台上沉思，也可以看到日升、月落、风过、星沉，从远远的天外流过。有一天，我们偶遇到少年游伴，发现他略有几根白发，而我们的心情也微近中年了。有一天，我们突然发现院子里的紫丁香花开了，可是一趟旅行回来，花瓣却落了满地。有一天，我们看到家前的旧屋被拆了，可是过不了多久，却盖起一栋崭新的大楼。有一天……我们终于察觉，时间的流逝和空间的转移是如此的无情和霸道，完全没有商量的余地。

中国的民间童话里也时常描写这样的情景，有一个人在偶然的机缘下到了天上，或者游了龙宫，十几天以后他回到人间，发现人事全非，手足无措。因为“天上一日，世上一年”，他游玩了十数天，世上已过了十几年，十年的变化有多么大呢？它可以大到你回到故乡，却找不到自家的大门，认不得自己的亲人。贺知章的《回乡偶书》很能表达这种心情：“少小离家老大回，乡音无改鬓毛衰。儿童相见不相识，笑问客从何处来？”数十年的离乡，甚至可以让主客易势呢！

佛家说的“色相是幻，人间无常”实在是参透了时空的真实，让我们看清一朵蓓蕾很快地盛开，而不久它又要凋落了。

《水浒传》的作者施耐庵在该书的自序里有短短的一段话：“每怪人言，某甲于今若干岁。夫若干者，积而有之之谓。今其岁积在何许？可取而数之否？可见已往之吾，悉已变灭。不宁如是，吾书至此句，此句以前已疾变灭，是以可痛也。”（我常对于别人说“某甲现在若干岁”感到奇怪，若干，是积起来而可以保存的意思，而现在他的岁积存在什么地方呢？可以拿出来数吗？可见以往的我已经完全改变消失，不仅是这样，我写到这一句，这一句以前的时间已经很快改变消失，这是最令人心痛的。）正是道出了一个大小说家对时空的哀痛。

古来中国的伟大小说，只要我们留心，它讲的几乎全有一个深刻的时空问题，《红楼梦》的花柳繁华温柔富贵，最后也走到时空的死角;《水浒传》的英雄豪杰重义轻生,最后下场凄凉;《三国演义》的大主题是“天下大势分久必合，合久必分”;《金瓶梅》是色与相的梦幻湮灭;《镜花缘》是水中之月，镜中之花;《聊斋志异》是神鬼怪力，全是虚空;《西厢记》是情感的失散流离;《桃花扇》更明显地道出了:“眼看他起高楼，眼看他宴宾客，眼看他楼塌了。”

我们的文学作品里几乎无一例外地说出了人处在时空里的渺小，可惜没有人从这个角度深入探讨，否则一定会发现中国民间思想对时空的递变有很敏感的触觉。西方有一句谚语:“你要永远快乐，只有向痛苦里去找。”正道出了时空和人生的矛盾,我们觉得快乐时，偏不能永远，留恋着不走的，永远是那令人厌烦的东西……这就是在人生边缘上不时捉弄我们的时间和空间。

柏拉图写过一首两行的短诗:

你看着星吗，我的星星?
我愿为天空，得以无数的眼看你。

人可以用多么美的句子、多么美的小说来写人生，可惜我们不能是天空，不能是那永恒的星星，只有看着消逝的星星感伤的份儿。

有许多人回忆过去的快乐，恨不能与旧人重逢，恨不能年华停伫，事实上，却是天涯远隔，是韶光飞逝，即使真有一天与故人相会，心情也像在冰雪封冻的极地，不免被时空的箭射中而哀伤不已吧！日本近代诗人和泉式部有一首有名的短诗：

心里怀念着人，
见了泽上的萤火，
也疑是从自己身体出来的梦游的魂。

我喜欢这首诗的意境，尤其“萤火”一喻，我们怀念的人何尝不是夏夜的萤火忽明忽灭，或者在黑暗的空中一转就远去了，连自己梦游的魂也赶不上，真是对时空无情极深的感伤了。

说到时空无边无尽的无情，它到终极会把一切善恶、美丑、雅俗、正邪、优劣都洗涤干净，再有情的人也丝毫无力挽救。那么，我们是不是就因此而失望颓丧、优柔不前呢？是不是就坐等着时空的变化呢？

我觉得大可不必，人的生命虽然渺小短暂，但它像一扇晴窗，是由自己小的心眼里来照见大的世界。

一扇晴窗，在面对时空的流变时飞进来春花，就有春花；飘进来萤火，就有萤火；传进秋声，就来了秋声；侵进冬寒，就有冬寒。闯进来情爱就有情爱，刺进来忧伤就有忧伤，一任什么事物到了我们的晴窗，都能让我们更真切地体验生命的深味。

只是既然是晴窗，就要有进有出，曾拥有的幸福，在失去时窗还是晴的；曾被打击的重伤，也有能力平复。努力维持着窗的晶明，如此任时空的梭子如百鸟之翔在眼前乱飞，也能有一种自在的心情，不致心乱神迷。

有的人种花是为了图利，有的人种花是为了无聊，我们不要成为这样的人，要真爱花才去种花——只有用“爱”去换“时空”才不吃亏，也只有心如晴窗的人才有真正的爱，更只有爱花的人才能种出最美的花。

雪中芭蕉

王维有一幅画《雪中芭蕉》，是中国绘画史里争论极多的一幅画，他在大雪里画了一株翠绿芭蕉。大雪是北方寒地才有的，芭蕉则是南方热带的植物，“一棵芭蕉如何能在大雪里不死呢？”这就是历来画论所争执的重心，像《渔洋诗话》说他：“只取远神，不拘细节。”沈括的《梦溪笔谈》引用张彦远的话说他：“王维画物，不问四时，桃杏蓉莲，同画一景。”

但是后代喜欢王维的人替他辩护的更多，宋朝朱翌的《猗觉寮杂记》说：“右丞不误，岭外如曲江，冬大雪，芭蕉自若，红蕉方开花，知前辈不苟。”明朝俞弁的《山樵暇语》谈到这件事，也说都督郭铉在广西“亲见雪中芭蕉，雪后亦不坏也”。明朝的王肯堂《郁冈斋笔麈》为了替王维辩护，举了两个例子，一是梁朝诗人徐摛好的一首诗：“拔残心于孤翠，植晚玩于冬余。枝横风而色碎，叶渍雪而傍孤。”证明雪中有芭蕉是可信的。一是松江陆文裕宿建阳公馆时所写：“闽中大雪，四山皓白，而芭蕉一株，横映粉墙，盛开红花，名美人蕉，乃知冒着雪花，盖实境也。”

这原来是很有力的证据，说明闽中有雪中的芭蕉，但是清朝俞正燮的《癸巳存稿》又翻案，意见与明朝谢肇淛的《文海披沙》一样，认为“如右丞雪中芭蕉，虽闽广有之，然右丞关中极雪之地，岂容有此耶？”谢肇淛并由此提出一个论点，说：“作画如作诗文，少不检点，便有纰缪。……画昭君而有帷帽，画二疏而有芒屩，画陶母剪发而手戴金钏，画汉高祖过沛而有僧，画斗牛而尾举，画飞雁而头足俱展，画掷骰而张口呼六，皆为识者所指摘，终为白璧之瑕。”其认为不论是作什么画，都要完全追求写实，包括环境，历史，甚至地理等等因素。

我整理了这些对王维一幅画的诸多讨论，每个人讲得都很有道理，可惜王维早就逝去了，否则可以起之于地下，问他为什么在雪中画了一株芭蕉，引起这么多人的争辩和烦恼。

我推想王维在作这幅画时，可能并没有那么严肃的想法，他只是作画罢了，在现实世界里，也许“雪”和“芭蕉”真是不能并存的，但是画里为什么不可以呢？

记得《传灯录》记载过一则禅话：六源律师问慧海禅师：“和尚修道，还用功否？”

师曰：“饥来吃饭，困来即眠。”

六源又问：“一切人总如师用功否？”

师曰：“不同，他吃饭时不肯吃饭，百种须索，睡时不肯睡，千般计较。”

这一则禅话很可以拿来为雪中芭蕉作注。在大诗人、大画家，大音乐家王维的眼中，艺术创作就和“饥来吃饭，困来即眠”一样自然，后代的人看到他的创作，却没有那样自然，一定要在雪里有没有芭蕉争个你死我活，这批人正是“吃饭时不肯吃饭，百种须索，睡时不肯睡，千般计较”。此所以历经千百年后，我们只知道王维，而为他争论的人物则如风沙过眼，了无踪迹了。我并不想为“雪中确实有芭蕉”翻案，可是我觉得这个公案，历代人物争论的只是地理问题，而不能真正触及王维作画的内心世界，也就是有两种可能：一种是雪中真有芭蕉为王维所眼见，是写景之作；另一种是雪中果然没有芭蕉，王维凭着超人的想象力将之结合，作为寓意之作，也就是“精于绘事者，不以手画，而以心画”的意思。

王维是中国文学史、绘画史、音乐史中少见的天才。在文学史里，他和诗仙李白、诗圣杜甫齐名，被称为“诗佛”。在绘画史里，他和李思训齐名，李思训是“北宗之祖”，王维是“南宗之祖”，是文人画的开山宗师。在音乐史里，他是一个琵琶高手，曾以一曲《郁轮袍》名动公卿。十五岁的时候，王维作了《题友人云母障子诗》《过秦王墓》，十六岁写《洛阳女儿行》，十七岁赋《九月九日忆山东兄弟》，十九岁完成《桃源行》《李陵咏》诸诗……无一不是中国诗学的经典之作，十九岁的王维中了解元，二十一岁考上进士，他少年时代表现的才华，使我们知道他是个伟大的天才。

王维也是个感情丰富的人，他留下许多逸事，最著名的有两个。当时有一位宁王，有宠姬数十人，都是才貌双绝的美女。王府附近有一位卖饼的女子，长得亭亭玉立，百媚千娇，非常动人，宁王一见很喜欢她，把她丈夫找来，给了一笔钱，就带这女子回家，取名“息夫人”。一年后，宁王问息夫人：“你还想以前的丈夫吗？”她默不作声。于是宁王把她丈夫找来，彼此相见，息夫人见了丈夫泪流满颊，若不胜情。宁王府宾客数十人，都是当时的名士，看了没有不同情的。宁王命各人赋诗，王维即席作了《息夫人怨》：

莫以今时宠，难忘旧日恩。
看花满眼泪，不共楚王言。

宁王看了大为动容，于是把息夫人还给她的丈夫。

另一个是安禄山造反时，捕获皇宫中的梨园弟子数百人，大宴群贼于凝碧寺，命梨园弟子奏乐，他们触景生情不禁相对流泪，有一位叫雷海清的乐工禁不住弃琴于地，西向恸哭，安禄山大怒，当即将雷海清肢解于试马殿。王维听到这个消息，写了一首十分深沉的诗：

万户伤心生野烟，百官何日再朝天。
秋槐叶落空宫里，凝碧池头奏管弦。

从王维的许多小事来看，虽然他晚年寄情佛禅，专写自然的田园诗篇，在他的性灵深处，则有一颗敏感深情、悲天悯人的心，这些故事，也使我们更确信，他的绘画不能光以写实写景观之，里面不可免地有抒情和寄意。

他自己说过：“凡画山水，意在笔先。”《新唐书·王维传》说他：“画思入神，至山水平远，云势石色，绘工以为天机独到，学者所不及也。”我认为，一位“意在笔先”“天机独到”的画家，在画里将芭蕉种在大雪之中，并不是现实的问题，而是天才的纾运。

王维的诗作我们读了很多，可惜的是，他的绘画在时空中失散了。台北故宫博物院有一幅他的作品《山阴图》，花木扶疏，流水清远，左角有一人泛舟湖上，右侧有两人谈天，一人独坐看着流水，确能让人兴起田园之思。据说他有两幅画《江山雪雾图》《伏生授经图》流落日本，可惜无缘得见，益发使我们对这位伟大画家留下一种神秘的怀念。

我一直觉得，历来伟大的艺术家，他们本身就是艺术。以《雪中芭蕉》来说，那棵芭蕉使我们想起王维，他纵是在无边的大雪里，也有动人的翠绿之姿，能经霜雪而不萎谢。这种超拔于时空的创作，绝不是地理的求证所能索解的。

在造化的循环中，也许自然是一个不可破的樊笼，我们不能在关外苦寒之地，真见到芭蕉开花；但是伟大的心灵往往能突破樊笼，把大雪消融，芭蕉破地而出，使得造化的循环也能有所改变，这正是抒情，正是寄意，正是艺术创作最可贵的地方。寒冰有什么可畏呢？王维的《雪中芭蕉图》应该从这个角度来看。

落地生根

塞林格的《麦田里的守望者》里突然飘下来一片东西，褐色的，从桌面上轻轻地跌在地上，没有一点声息。

我俯身捡拾，原来是一片叶子，已经没有水分，叶脉呈较深的褐色，由叶蒂往四面伸展。

最可惊的是，每一条叶脉长到叶的尽头，竟突破了叶子，长出又细又长的根须出来，数一数，一片小叶子正好长了十六条根须。我把这片叶子夹回我少年时代读的《麦田里的守望者》书中，惊奇地发现，那些从叶子里伸展出来的根须正好布满一整本书页的大小，在还没有突出书页的时候，它用尽了一切力气，死亡了。

那一片叶子是“落地生根”的叶子，一种最容易生存的植物。

我坐在书桌前，看着这一片早就枯死多年，而根须还像喘着气的叶子，努力追想着这一片叶子进入书中的最后一段历史。

“落地生根”是乡下极易生存的植物，在我的故乡，沿着旗尾溪的河堤，从河头围到河尾，全是用巨石堆叠出来的，河堤下部用粗大的铁丝网绑了起来。由于全是石头，河堤上几乎寸草不生。

奇怪的是，在那荒瘠的河堤上，却遍生了“落地生根”。从石头缝里，“落地生根”孤挺地撑举出来，充满浓稠汁液的绿色草茎直立地站着，没有一株是弯曲的，肥厚的叶片依着草茎一片片平稳地舒展，它的颜色不是翠绿，而是一种带着不易摧折的深深的绿色。

最美的是春天了。“落地生根”像互相约定好的，在同一个时间开出花朵。花是红色的，但有各种不同的层次，有的深红，有的橙红，有的粉红，有的淡红。花的形状非常少见，像一整串花柱上开出数十朵甚至数百朵的花,形状像极了长长的挂在屋檐下的风铃。

我童年的时候，天天都在河溪边游徜，累了就躺在河堤上晒太阳，那时候春天遍生遍开的“落地生根”与它美丽而不流俗的花，常常让我注视一个下午。黄昏的时候，傍晚微凉的风从河面拂来，花轻轻地摇动起来，人躺着，好像能听到在一串风铃的花间响动着微微的音乐，惊醒的时候才知道是河的声音，或者也不是河的声音，而是植物的内语，只有很敏感的儿童才能听见。

夏季的时候，“落地生根”的花朵并不凋落，而是在茎上从红色转成深深的褐色，一粒粒小小的，握紧着拳头，坚实的果实外壳与柔软的花是全然不同的了。果实中就包藏着“落地生根”有力的种子，不论落在何处，都会长出新的草茎，即使是最贫瘠的石头缝也不例外。

除了种子以外，“落地生根”用任何方法都可以繁殖，它身上随便的一片叶子、一段草茎，只要摘下埋在土里，就会长出一株新的落地生根。即使不用种子，不用茎叶，它的根所接触到的土地，也会长成新的植物，并且每一株还有更多的茎叶与花果。

我在刚刚会玩耍的时候，就为“落地生根”那样强悍的生长力深深地感动了。我们常常玩的游戏就是挑选那些长得完满的叶子，夹在书页当中，时常翻看；每回翻开，“落地生根”从叶脉中衍长出来的根须就比以前长了一些，有时夹了几个星期，“落地生根”的叶子也不枯萎，而只要把它丢在土里，它就生发萌动，成为一株全新的植物。就是它这种无与伦比的力量，使我不论走到多远，常在梦里惦念着旗尾溪畔的堤防。“落地生根”不只长在堤防上，而是成为记念故乡的一种鲜明植物。

我手里这一片“落地生根”的叶子，是我在十五年前夹入《麦田里的守望者》这本书的。

那一年，我离开家乡到台南去求学，开始过着孤单而独立的生活。假期的时候我回家，几乎每天都到堤防去散步，看着欣欣繁长的、和石头缝隙苦斗的“落地生根”，感觉到它们是那样脆弱，一碰触，它的茎叶就断落了，也同时理解了它们永远不死的力量，因为那断落的茎叶只要找到机会，就会在野风中生长。小小的“落地生根”给我在升学的压力里带来极大的前进的鼓励——我想，如果让我选择，我不愿意做一朵开在温室里的红色玫瑰，而宁可做一株能在石头缝里也成长开花的“落地生根”。“落地生根”虽然卑微，但它的美胜过了玫瑰，而且它是无价的。

我就读的高中是在台南离海边很近的地方，土壤里含着浓重的盐分，几乎是花草不生的所在，只有极少数的植物，像木麻黄、芙蓉花、酢浆草、凤凰花，还有一些不知名的野草，能在有盐分的土地上活着，但大多显出营养不良的样子。

那时学校没有自来水，我们的饮水全靠几辆水车从市区运来的淡水。学校里水井抽出来的水仅供沐浴洗衣，常是黄浊的，夹带着泥味，并且是咸的。我清楚记得的，雨后的校园被太阳晒干以后呈现一片茫茫的白，摸起来是一层白色的结晶盐。饮水与土地的贫乏，常使我在黄昏的校园漫步时，兴起大地苍茫的感叹。

有一次，我带着影响我少年时代思想的一本书——就是塞林格的《麦田里的守望者》——到故乡的堤防去看“落地生根”，正是开花的时节。我想着：“这样有生命力的植物，在充满盐分的土地上是不是能够生存呢？”便随手摘下几片夹在书页里，坐着当天黄昏最后一班客运车赶回学校，第二天就把“落地生根”种在学生宿舍后面的空地上，让它长在有盐的地上，每天用有盐分的水浇灌。

“落地生根”的叶子仿佛带着神奇的化解盐分的力量，奇迹似的存活了，长得比学校的任何一株植物还要好，在我高三那年的暑假甚至开出风铃一样美丽的花朵。我坐在那些开在角落的“落地生根”旁边，学校师生都不知道的地方，抓起一把带盐的泥土深深地闻嗅，感动得满眼泪水。我含着泪对自己说：“人要活得像一株‘落地生根’，看起来这样卑微，但有生命的尊严；即使长在最贫瘠的土地，也要开出最美丽的花；在石头缝里、在盐分地带，也永远保持生存的斗志。”

我便是带着这种心情离开了海边的学校。我在学校不算是好学生，但在心底深处却埋下了一颗有理想的种子，像一株不肯妥协的“落地生根”。

书页里的这一片叶子，是十五年前我忘记种在学校的最后一片叶子，遗憾的是，它竟然在书里枯萎。至于它的兄弟，我至今仍然不知是否还活在男生宿舍后面那片荒芜的空地里，或者早已死去，但这并不重要，因为有它伴随那一段艰苦有压力的少年岁月，一起活在我的心中。

我今天能够实现一个坏学生最好的可能，那一条石头堤防，那一片含盐的贫瘠土地，那一株株有力的“落地生根”，都曾经考验过我、启示过我。

十五年前，我愿意做一株“落地生根”，现在仍然愿意，并且牢牢默记着自己含泪的少年誓言。

在《麦田里的守望者》的扉页上，我曾写下这样几句话：

没有人是一个孤岛，
每个人都是大陆的一部分。
没有鸟是一只孤鸟，
每只鸟都有着共同的天空。
没有鱼是一条孤鱼，
每条鱼都生活在大的海洋。
天下没有一片叶子是孤单的，

只要有土地，植物就能生长。

我把最后一片“落地生根”夹进书中，把书放进书架，十五年就这样过去了，而对我少年时代的怀念却从书架涌动出来，我仿佛看见一个蹲在角落的少年，流泪地、充满热望地看着自己亲手种植的植物，抬头看着广大的、有待创造的天空。

惜别的海岸

在恒河边，释迦牟尼佛与几个弟子一起散步的时候，他突然停下脚步问："你们觉得，是四大海的海水多呢？还是无始生死以来，为爱人离去时所流的泪水多呢？""世尊，当然是无始生死以来，为爱人所流的泪水多了。"弟子们都这样回答。佛陀听了弟子的回答，很满意地带领弟子继续散步。

我每一次想到佛陀和弟子说这段话的情景，心情都不免为之激荡，特别是人近中年，生离死别的事情看得多了，每回见人痛心疾首地流泪，就会想起佛陀说的这段话。

在佛教所阐述的"有生八苦"之中，"爱离别"是最能使人心肝摧折的了。爱别离指的不仅是情人的离散，指的是一切亲人、一切好因缘终究会有散灭之日，这乃是因缘的实相。

因缘的散灭不一定会令人落泪，但对于因缘的不舍、执着、贪爱，却必然会使人泪下如海。

佛教有一个广大的时间观点，认为一切的因缘是由"无始劫"（就是一个无量长的时间）来的，不断地来来去去、生生死死、起起灭灭。在这样长的时间里，我们为相亲相爱的人离别所流的泪，确实比天下四个大海的海水还多，而我们在“爱别离”的折磨中，感受到的打击与冲撞，也远胜过那汹涌的波涛与海浪。

不要说生死离别那么严重的事，记得我童年时代，每到寒暑假都会到外祖母家暂住，外祖母家有一大片柿子园和荔枝园，有八个舅舅，二十几个表兄弟姊妹，还有一个巨大的三合院，每一次假期要结束的时候，爸爸来带我回家，我总是泪洒江河。有一次抱着院前一棵高大的椰子树不肯离开，全家人都围着看我痛哭，小舅舅突然说了一句:“你再哭，流的眼泪都要把我们的荔枝园淹没了。”我一听，突然止住哭泣，看到地上湿了一大片，自己也感到非常羞怯，至今，那个情景还时常浮现在眼前。

不久前，在台北东区的一家银楼，突然遇到了年龄与我相仿的表妹，她已经是一家银楼的老板娘，还提到那段情节，使我们立刻打破了二十年不见的隔阂，相对而笑。不过，一谈到家族的离散与寥落，又使我们心事重重，舅舅舅妈相继辞世，连最亲爱的爸爸也不在了，更觉得童年时为那短暂分别所流的泪是那么真实，是对更重大的“爱别离”在做着预告呀!

“会者必离，有聚有散”大概是人人都懂得的道理，可是在真正承受时，往往感到无常的无情，有时候看自己种的花凋零了、一棵树突然枯萎了，都会怅然而有湿意，何况是活生生的亲人呢?

爱别离虽然无常，却也使我们体会到自然之心，知道无常有它的美丽，想一想，这世界上的人为什么大部分都喜欢真花，不爱塑胶花呢？因为真花会萎落，令人感到亲切。

凡是生命，就会活动，一活动就有流转、有生灭，有荣枯、有盛衰，仿佛走动的马灯，在灯影迷离之中，我们体验着得与失的无常，变动与打击的苦痛。

当佛陀用“大海”来形容人的眼泪时，我们一点都不觉得夸大，只要一个人真实哭过、体会过“爱别离”之苦，有时觉得连四大海都不能形容，觉得四大海的海水加起来也不过我们泪海中的一粒浮沤。

在生死轮转的海岸，我们惜别，但不能不别，这是人最大的困局，然而生命就是时间，两者都不能逆转。与其跌跤而怨恨石头，还不如从今天走路就看脚下；与其被昨日无可挽回的爱别离所折磨，还不如回到现在。

唉唉！当我说“现在”的时候，“现在”早已经过去了，现在的不可住留，才是最大的“爱别离”呀！

宿命之情

偶尔读小说、看电视电影，总发现一切的故事无非是在探索人生的爱恨情仇，大部分的作者一辈子都在人生的情欲中打转，好像永远也不想走出来一样。

特别是一种类型的情感最令人感兴趣，就是富豪家族中的明争暗斗、恩怨情欲。在我们凡夫的眼中，富有应该能解决人生的许多问题，而富有者照理应该比一般人有幸福的可能。但是我们在小说、电视、电影里看到的却并非如此，它通常反映出几种情况，一是富人的婚姻爱情充满了罪恶的泥沼；二是富人的生活往往苦多于乐；三是财富不但无法满足人的贪婪，反而会点起更深广的贪欲的火花，使人充满了嗔恨与愚痴。

自然，这只是人生的一种标本，并非全盘如此，贫困者的痛苦绝不逊于富人，只是大家不喜欢打开电视还看到贫困者落难罢了。仿佛是说："穷人本来就悲惨，还有什么好说呢？"可是劳苦者也有疑惑："假若我像电视或小说里的人物有钱有势，绝不至于沦落成他们那样！"

大家比较少想到的问题是：会沉沦的人，不论贫富都会沉沦，与他的环境关系并不太大。若说富人经不起诱惑，那么贫者有几人能脱出诱惑呢？

不只是小说、电影、电视如此，实际人生也是这样。有时看新闻给人的感觉也像在读小说或看连续剧。有权有势的官员，养尊处优、生活无虑，照理说人格应比平民百姓高尚一些，结果不然，他们常为了一些不是急需的小钱就贩卖自己的人格。那有广大人民做后盾的民意代表，意气风发、聪明饱学、待遇优厚，照理说不会出卖人民，结果不然，他们常为了私我利益，把正义公理拿来践踏。

看到这些出乎意料的“剧情”，总令人感叹！觉得做一个平凡的人，不会被拿来演出的人，在某一层次上还是幸福的。

在金钱里似乎有这样的宿命，爱钱者不论穷富，仍然爱钱；不爱钱者，就是一生落魄，也能一毛不取。前者发生在一位民意代表说“我家里的财产有四五亿，怎么会在乎那区区几十万呢”也使人难信；后者发生在机场，清洁工捡到百万现款，也能于心不昧，全身都散发着金色的光芒。

爱情的宿命仿佛也是如此，穷途潦倒时会背弃情义者，不论他多富有，也一样会背弃。反之，能感恩念旧的富人，纵使再穷困，也不至于无情无义。环境、诱惑也者，只是借口罢了——没有汽油的桶子，火柴如何使其燃烧呢？

这种背弃的宿命使人无奈，但不背弃的宿命才更令人泣血。

不背弃的宿命，我们可以在小说、电影、电视看见：两位顽固而充满仇恨的家长，往往一位生了男孩，另一位生了女儿。仇家的儿子与女儿总会因某种巧合相遇，一见钟情，然后用爱情与生命联合起来向父母抗争。

结局其实可以是喜剧：化干戈为玉帛，大团圆结束。但通常是悲剧的：其一是气死父母，其二是牺牲儿女，两种都可以使两家痛苦一生，而观众则痛苦几个晚上（悲喜剧的过程都一样痛苦，只是结局不同）。

我常想的两个问题是：一、为什么仇恨的父母总有相爱的儿女呢？这一点儿也不奇怪，因为情爱与仇恨的本质相同，只是面貌不同。二、为什么没有一个故事是父母很亲爱，儿女却充满仇恨？这也不奇怪，因为人情感的萌芽是以爱开始，以恨为终，先有爱，才会有恨，很少是由恨生爱的。

动人的爱情故事因此总是在仇恨中挣扎的故事，好看的金粉世界通常就是在欲望中沉浮的故事。

互不背弃而又活生生折翼的情节，乃是人生最无奈的现实。

人生的牌局里有一张 A，这张牌可以最大，也可以最小，可悲悯的是，大部分人拿到 A 时，不管其他的牌如何，总把它当最大的来打。

人在被小利蒙蔽时，哪里想到会毁掉一生的基业呢？人在仇恨之中，哪里能看到别人（包括自己的儿女）情义的珍贵呢？这都是拿到一张小 A 当成大牌打的结果。

在别人的宿命里，我们清楚看见人生有更多可以沉思的东西，如果我们不善于深思看清整副牌，往往自己就会掉进那令人扼腕的宿命里去。

夜观流星

近读宋朝沈括著的《梦溪笔谈》，有一段谈到他夜见流星的事，非常有趣：

> 治平元年，常州日禺时，天有大声如雷，乃一大星，几如月，见于东南，少时而又震一声，移著西南；又一震而坠在宜兴县民许氏园中，远近皆见，火光赫然照天，许氏藩篱皆为所焚。是时火息，视地中只有一窍如杯大，极深，下视之，星在其中，荧荧然，良久渐暗，尚热不可近。又久之，发其窍，深三尺余，乃得一圆石，犹热，其大如拳，一头微锐，色如铁，重亦如之。

沈括学识的渊博早为后世学者推崇，但我之所以对这一段描述特别感兴趣，并不是因为有的学者说他对流星的正确判断早于西方天文学家数百年，而是因为我小时候也有一段看流星陨落的相似经验。

我幼年居住的乡里，没有电视、没有收音机、没有冷气、没有电扇，一到夏天夜晚，就没有人留在屋内，家人全跑到三合院中间的庭院里纳凉；大人坐在藤椅上聊天，或谈着农事，或谈着东邻西里的闲话，小孩子就围坐在地板上倾听，或到处追逐萤火虫。

小时候,家里有一位帮忙农事的老长工,我们都叫他“玉豹伯”,他的脑子里装满了民间戏曲里的戏文故事,口才好,姿势优美,颇像妈祖庙前的说书先生。他没有儿女,因此特别疼爱我们,每到夏天夜里,我们都围着听他说故事,一直到夜幕低垂才肯散去。他的身上有一种说不出的魅力,听到精彩的地方,我们甚至舍不得离开去捉跳到身边的大蟋蟀。

有一天玉豹伯为我们讲《西游记》,说到孙悟空如何在天空中腾云驾雾飞来飞去,我们都不禁抬头望向万里的长空,就在那个时候,一颗天边的星星划出一条优美的长线,明亮的星一直往我们头上坠落,我们都尖声大叫,玉豹伯说:“流星,流星!”然后我们听到轰然一声巨响,流星就落在我们庭院前不远处蕉园旁的河床。

一群孩子全像约好了似的,完全顾不得孙悟空,呼啸着站起往河床奔去,等我们跑到的时候却完全不见流星的影子,在河床搜寻一个晚上毫无所获,才拖着疲倦的身子回家。第二天还特别起早,继续到河床去找,后来找到一颗巨大的褐黑色石头,因为我们日日在河床游戏,几乎可以确定那颗新石头就是昨夜的流星,但是天上的明星落到地上怎么会变成石头呢?是我们不敢肯定的谜题。

那是我第一次看见流星,在那之前,虽听大人说起过流星,知道天上的每个星星都对应着地上的一个人,只要看见天上的流星陨落就知道地上死去了一个人。可是我常自问,地上时常有人去世,为什么流星却那么罕见呢?

还有人说,当你看见流星落下的一刻,闭上眼睛专心许愿,你的愿望就可以实现。当时我们还是孩子，心中没有什么大愿，看到奔射如箭的流星，张看之不暇，谁还顾得许愿呢？

后来我还在庭院里看过几次流星，但都远在天外，稍纵即逝，不像第一次的感受那么深刻，心中只是无端地茫然，若是天空中的星星都对应着一个人，那一刻落下的又是谁呢？不管是谁，人世里不是行者就是过客，流星落下不免令人感触殊深。

如果流星是一个人的陨落，那么浩渺的天空就对应着广阔的大地，人的群落就是星的聚散，这样想时，我们的离恨别情便淡泊了许多——光灿的星落到地上只是一个无光的石头，还有什么是永远的光明呢？

我总觉得不管有多少天文学家，不管人类登陆了月球，我们对天空的了解都还是浅薄无知的，重要的不是我们知道了多少天空的事物，而是它给了我们什么样的心灵启示。从很年幼的时候我就爱独自坐着看天空，并借着天空冥想，一直到现在，我出门时第一眼都要看看天色，这或许是看天吃饭的农家子弟本性。然而这种本性也使我在大旱的时候想着渴望雨水的禾苗；在连日豪雨之际思念着农田里还未收割、恐惧着发芽的累累稻穗；在飓风狂吼之时忧心着那些出海捕鱼的渔夫。

天空的冥思是可以让我们更关切着生活的大地，这样站在地上仰望天际，就觉得天空和星月离我们不远，也是“星垂平野阔，月涌大江流”的心情。

我最担心的是，在我认识的都市儿童中，大部分失去了天空的敏感，有的甚至没有好好地看过天色，更不要说是流星了。现在如果我看见流星，我想许的愿望是："孩子们，抬头看看那一颗马上要失去的流星吧！"

月到天心

二十多年前的乡下没有路灯，夜里要穿过田野回到家里，差不多是摸黑的，平常时日，都是借着微明的天光，摸索着回家。

偶尔有星星，就亮了很多，感觉到心里也有星星的光明。

如果是有月亮的时候，心里就整个沉淀下来，丝毫没有了黑夜的恐惧。在南台湾，尤其是夏夜，月亮的光格外有辉煌的光明，能使整条山路都清清楚楚地延展出来。

乡下的月光是很难形容的，它不像太阳的投影是从外面来，它的光明犹如从草树、从街路、从花叶，乃至从屋檐下、墙垣内部微微地渗出，有时会误以为万事万物的本身有着自在的光明。假如夜深有雾，到处都弥漫着清气，当萤火虫成群飞过，仿佛是月光所掉落出来的精灵。

每一种月光下的事物都有了光明，真是好！

更好的是，在月光底下，我们也觉得自己心里有着月亮、有着光明，那光明虽不如阳光温暖，却是清凉的，从头顶的发到脚尖的指甲都感受月的清凉。

走一段路，抬起头来，月亮总是跟着我们，照着我们。在童年的岁月里，我们心目中的月亮有一种亲切的生命，就如同有人提灯为我们引路一样。我们在路上，月在路上；我们在山顶，月在山顶；我们在江边，月在江中；我们回到家里，月正好在家屋门前。

直到如今，童年看月的景象，以及月光下的乡村都还历历如绘。但对于月之随人却带着一丝迷思，月亮永远跟随我们，到底是错觉还是真实的呢？可以说它既是错觉，也是真实。由于我们知道月亮只有一个，人人却都认为月亮跟随自己，这是错觉；但当月亮伴随我们时，我们感觉到月是唯一的，只为我照耀，这是真实。

长大以后才知道，真正的事实是，每一个人心中有一片月，它是独一无二、光明湛然的，当月亮照耀我们时，它反映着月光，感觉天上的月也是心中的月。在这个世界上，每个人心里都有月亮埋藏，只是自己不知罢了。只有极少数的人，在最黑暗的时刻，仍然放散月的光明，那是知觉到自己就是月亮的人。

这是为什么禅宗把直指人心称为“指月”，指着天上的月教人看，见了月就应忘指；教化人心里都有月的光明，光明显现时就应舍弃教化。无非是标明了人心之月与天边之月是相应的、含容的，所以才说“千江有水千江月，万里无云万里天”，即使江水千条，条条里都有一轮明月。从前读过许多诵月的诗，有一些颇能说出“心中之月”的境界，例如王阳明的《蔽月山房》：

山近月远觉月小，便道此山大于月。
若人有眼大如天，当见山高月更阔。

确实，如果我们能把心眼放开到天一样大，月不就在其中吗？只是一般人心眼小，看起来山就大于月亮了。还有一首是宋朝理学家邵雍写的《清夜吟》：

月到天心处，风来水面时。
一般清意味，料得少人知。

月到天心、风来水面，都有着清凉明净的意味，只有微细的心情才能体会，一般人是不能知道的。

我们看月，如果只看到天上之月，没有见到心灵之月，则月亮只是极短暂的偶遇，哪里谈得上什么永恒之美呢？

所以回到自己，让自己光明吧！

○ 叁

你心柔软，却有力量

海上花

在离海岸不远的地方，我遇到了一大片仙人掌，这些仙人掌有粗大多汁的茎，长而尖利的刺，站起来比人还高，在每一枝茎的顶上都排列开放着硕大的黄花。

多么繁荣鲜嫩的黄花，在深绿的枝干上，又衬着湛蓝的海之背景，使人好像跌进了被黄色包围的梦景。这一大丛仙人掌四周没有任何植物，它是如何开在海岸边，成为一团惊异的谜。

更让人惊异的是，每一株看起来独立的仙人掌，其实是盘根错节地交缠在一起。我蹲下来研究，才发现了它的主干，原来这占地五公尺长一公尺宽的仙人掌，只是一棵。

仙人掌的根茎看起来已经很老很老，不知道在海岸生长了多久，唯一可以相信的，是它必然克服了时空环境的许多障碍，才能屹立在海边，并开出庄严的美。

那一次以后，我每天路过，都会去看看那盛放的仙人掌，感觉到自己的血管也四散奔流，希望像那坚强的仙人掌，在最贫瘠的海边，也能开出最美的花。

自由人

日本近代的禅学大师山田灵林[1]把世界上的人都归为三种类型：第一型是纯朴未开，不受任何知识上的苦恼，像猪一样能和平生活的人，叫作“自然人”。第二型是头脑明晰，知能发达，却反而受尽“知”的烦恼，导致神经过敏，始终无法与他人相处，过着不愉快的生活的人，叫作“知识人”。第三型是超越了“知”的苦恼和“情意”的苦恼，能任运无碍过活的人，叫作“自由人”。

为了说明这三种人的不同，他举了一个非常有趣的例子说明：某家五人居室的前廊上，一双拖鞋没有排好且翻了过来，这家的下女虽好几次出入主人的房间，办好了主人的几件差遣，她对翻过来的拖鞋一点也没有注意到。她正如在深山里纯朴未开的少女，她只把每次被吩咐的事在能力范围内办好，其余的一概不管，所以她每天十分快乐，能吃就吃，能睡就睡，除了衣食住行，对人间的一切事务与知识都不管，没有任何心事——这就是“自然人”的典型。

这家的少奶奶拿信件要进屋时，看见了翻过来的拖鞋，但因男主人吩咐要处理一件紧急事务，来不及翻那双拖鞋。一会儿她端红

① 山田灵林是日本可与铃木大拙比美的禅学泰斗，在理论与实践上都有成就。“自由人”的说法出自他所著的《禅学读本》。

茶要进屋，又看见那双拖鞋，心想一边拿饮料一边翻拖鞋有碍卫生，还是没有改正它。要离开房间时，突然听到了孩子的啼哭而跑向婴儿室，这一次根本没有想到拖鞋的事。就这样，她一整天都挂虑那双拖鞋，导致在房间、在厨房、在婴儿室时都不能平静，不能专心，而苦恼万分。少奶奶出身名门闺秀，读过大学，因此她想把学来的知识全部应用在现实生活上，却往往与自己的期望相悖，反而带来日日夜夜的焦急不安，最后她变得很神经质，甚至连看到猫儿换个位置晒太阳，也会使她不安而烦恼——这就是“知识人”的典型。

这家的老太太，有事找她的儿子，她看到翻过来的拖鞋，马上随手翻正，然后欣然不把这件事放在心上。老太太是很沉着的人，她善于发现事件的问题，而一发现问题，马上很轻易地处理好，如果是件不能处理的事，她马上把它忘掉，因此她的心境一直平静而稳定——这就是“自由人”的典型。

山田灵林的譬喻很值得我们深入地思索，拖鞋可以说是烦恼的一种象征，这一家的女佣可以说是从来不知烦恼为何物地生活着，就如同这世界上许多神经粗糙的人，不是他们非常快乐，而是他们既见不到烦恼同时也不能知道精神的愉悦是什么，他们没有思考、没有反省、没有觉悟、没有方向与追求，只是像动物一样地过日子。

少奶奶虽然知识丰富，却反而为知识而受苦，被种种知识扯来扯去，忽左忽右，像旋涡一样旋转，于是陷入一种紧张而焦躁的状态，生活充满无谓的苦恼。这说明了要追求心灵的和平与究竟的宁静，知识是无能为力的，无论用任何知识，都不能凭着知识得到安身立命，因此以安身立命为目标的人，知识实在是没有价值，有时反而带来烦恼。

但是我们不应反对知识，而是要把知识收集整理，利用生活经验来驾驭它，到能无碍的时候，心地自然平直像前面的老太太一样。不过如果要靠外在经验的累积，达到心性的自由，等他成为自由人时，已经消耗了大部分的生命。

佛教禅宗所追求的也是“自由人”的世界，只是所循的是内面的方法，就是靠宗教的精进来达到心性的自由，才能得到真正的安心与究竟的立命。

但是，禅的“自由人”与老太太的“自由人”还是有差别的，老太太的自由是一种动作，是因外相（如拖鞋）的对待而来，禅师的自由却是绝对的，自我的，没有对象的。

在佛教里，把凡夫的世界称为“相对界”，意即这个世界是用对立思考来想事情的处所。爱与恨、清与浊、男与女、美与丑、善与恶、春与冬、山与川、相聚与离别、生长与凋零，无一不是对立。因而，在我们这个世界上，不用对立就无法思考和判断事物了。由于这些对立，我们的世界才不断地变化与作用，不断尝受葛藤斗争之苦，我们就在对立的影子以及影子所形成的影子中生活。

禅的境界，乃至佛教一切法门的境界，都是在超越对立的境况，进入绝对的真实，这绝对真实就是使自己的心性进入光明的、和谐的、圆融的、无分别的世界。由于超越对立，进入绝对，使修行的人可以无执、任运、无碍自在、本来无一物，甚至无所住而生其心。

这超越的绝对世界，并不表示自由人在外表上与凡人有何不同，他也有生死败坏，像我们看到罗汉的绘像与雕刻，通常不是那么完美的，他们也有丑怪的，也有痴肥的，也有扭曲的，但是他们却处在一种喜乐和谐的景况。最重要的是，他们仍有强旺的生命力，有着广大的关怀与同情，不因为心性的自由而失去了对理想生命的追求。

日本盛冈市名须川町的报恩寺，有一个罗汉堂，罗汉堂里的五百罗汉刻于一七三一年左右。相传凡是想念过世亲属的信徒，只要顺着五百罗汉拜下去，一定会在其中找到一尊和亲人的长相容貌一模一样的罗汉，因此数百年来，报恩寺的香火鼎盛。

这故事告诉我们，罗汉的外貌也只是个平常人罢了。

中国禅宗公案里，曾有一个极著名的公案，说从前有一个老太婆，她供养一位禅的修行者，盖了一个庵给他修行，并且供养三餐达二十年之久，时常派年轻美丽的少女为他送饭，二十年后有一天，她叫派去的少女送饭的时候坐在修行者的怀中，并且问他："正与么时如何？"（我坐在你腿上，你感觉怎么样？）修行者说："枯木倚寒岩，三冬无暖气。"少女回来后就把这两句诗告诉老太婆，老太婆很生气地说："我二十年只供养个俗汉！"于是把修行者赶走，并且放了一把火把庵也烧掉了。

这是个非常有趣的公案，到底老太婆为什么生气呢？那是因为修行者以为肉身成为枯木寒灰才是坐禅的极致，认为断尽一切身体的反应的隐遁才是真正的禅。其实，禅的正道不是这样，禅的正道不是无心的枯木，而是有生命的，如如的。它不是停止一切的活动，而是在比人生更高层次的、纯粹的、本质的地方活动，有坐禅经验的人都应知道，禅不是死、不是枯、不是无，而是自在，也就是赵州禅师说的“能纵能夺，能杀能活”，是药山惟俨禅师说的“在思量个不可思量的”。

凡可以思量的，它不是自由；凡有断灭的，它不是自由；凡有所住的（即使住的是枯木寒岩），也不是自由！

有许多修行者要到深山古洞去才能轻安自在，一走入了人间，就心生散乱，这算什么自由呢？

那么，何处才是自由安居的道场呢？它不在没有人迹的山上，不在晨钟暮鼓的寺院，而是在心。心能自由，则无处不在，无处不安，那么坐在什么地方又有什么重要呢？

我们都是平凡的人，介于自然人和知识人的中间，想要像悟道者那样进入绝对和谐的世界是极难能的，也就是说我们难以成为真正自由的人。

但我们却可以提醒自己往自由的道路走，少一点儿贪念，就少一点儿物欲的缠缚，多一点儿淡泊的自由。少一点儿嗔心，就少一点儿怨恨的纠葛，多一点儿平静的自由。少一点儿愚痴，就少一点儿情爱与知解的牵扯，多一点儿清明的自由。限制迷障了我们自由的，是贪、嗔、痴三种毒剂，使我们超脱觉悟的则是戒、定、慧三帖解毒的药方。

完全自在无碍的心灵是每个人所渴望的，它的实践就是佛陀说的:“放下！放下！”

放下什么呢？看到拖鞋翻了，把它摆正吧！摆正了的拖鞋，再也不要放在心上，如是而已。

牡丹也者

温莎公爵夫人过世的那一天，正巧是台湾故宫博物院至善园展出牡丹的第一天。

真是令人感叹的巧合，温莎公爵夫人是本世纪最动人的爱情故事的主角，而牡丹恰是中国历史上被认为是最动人的花。一百盆“花中之后”在春天的艳阳中开放，而一朵伟大的“爱情之花”却在和煦的微风中凋谢了。

我们赶着到外双溪去看牡丹，在人潮中的牡丹显得是多么脆弱呀！因为人群中蒸腾的浊气竟使它们提前凋谢了，保护牡丹的冰块被放置在花盆四周，平衡了人群的热气。

好不容易拨开人群，冲到牡丹前面，许多人都会发出一声叹息：终于看到了一直向往着的牡丹花！接下来则未免怏怏：牡丹花也像是芙蓉花、大理菊一样，不过如此，真是一见不如百闻呀！在回程的路上，不免兴起一些感慨，我们心中所存在的一些美好的想象，有时候禁不起真实的面对，这种面对碎裂了我们的美好与想象。

我不是这一次才见到牡丹的，记得两年前在日本旅行，朋友约我到东京郊外看牡丹花展，那一夜差一点儿令我在劳顿的旅次中也为之失眠，心里一直梦想着从唐朝以来一再点燃诗人艺术家美感经验的帝王之花的姿容。自然，我对牡丹不是那么陌生的，我曾在无数的扇面、册页、巨作中见过画家最细腻翔实的描绘，也在无数的诗歌里看到那红艳凝香的侧影，可是如今要去看活生生地开放着的牡丹花，心潮也不免为之荡漾。

在日本看到牡丹的那一刻，可以说是失望的，那种失望并不是因为牡丹不美,牡丹还是不愧为“帝王之花”“花中之后”的称号，有非常之美，但是距离我们心灵所期待的美丽还是不及的。而且，牡丹一直是中国人富贵与吉祥的象征，富贵与吉祥虽好，多少却带着俗气。

看完牡丹，我在日本花园的宁静池畔坐下，陷进了沉思：是我出了问题还是牡丹出了问题？为什么人人说美的牡丹，在我的眼中也不过是普通的花呢？

牡丹还是牡丹，唐朝在长安是如此，现代在东京也仍然如此，问题是出在我自己身上，因为历史上我所喜爱的诗人、画家，透过他们的笔才使我在印象里为牡丹铸造了一幅过度美丽的图像，也因为我生长在台湾，无缘见识牡丹，把自己的乡愁也加倍地放在牡丹艳红的花瓣上。

假如牡丹从来没有经过歌颂，我会怎样看牡丹呢？假如我家的院子里，也种了几株牡丹呢？我想，牡丹也将如我所种的菊花、玫瑰、水仙一样，只是美丽，还可以欣赏的一种花吧！我怀着落寞的心情离开了日本的花园，在参天的松树林间感觉到一种看花从未有过的寂寞。

唯一使我深受震动的，是在花园的说明书里，我看到那最美的几种牡丹是中国的品种，是在唐宋以后陆续传种到日本的。在春天的时候，日本到处都开着中国牡丹，反倒是居住在中国南方的汉人有一些人终生未能与牡丹谋上一面。

花园边零售的摊位上，有贩卖牡丹种子的小贩，种子以小袋包装，我的日本朋友一直鼓动我买一些种子回台湾播种，我挑了几品中国的种子回来，却没有一粒种子在我的花盆中生芽。

这一次在故宫至善园看牡丹花展，识得牡丹的朋友却告诉我说："这些牡丹是日本种，从日本引进种植成功的。""日本种不就是中国种吗？"我问。"最原始的品种当然还是中国种，可是日本人非常重视牡丹，他们改良了品种，增加了花色，中国种比较起来就有一些逊色了。"

这倒真是始料未及的事，日本人以中国的品种为好，我们倒以日本的品种为好了。那些无知的牡丹，几乎不知道自己是哪里的品种，只要控制了气温与环境，它就欣悦地开放。对于中国的牡丹，这一段奇异的路真是不可知的旅程呀！

日本看牡丹，台北看牡丹，有一种心情是相同的，即是牡丹虽好，有种种不同的高贵的名字，也只是一种花而已。要说花，我们自己亲手所种植、长在普通花泥花盆里的花，才是最值得珍惜的，虽无掀天身价，到底是我们自己的花。

从至善园回来，我在阳台上浇花，看到自己种的一盆麒麟草，因为春光，在尾端开出一些淡红的小花，一点儿也不稀奇，摆在路上也不会引人驻足，但它真是美，比我所看见的牡丹毫不逊色。因为在那么小的花里，有我们的心血，有我们的关怀，以及我们的爱。

温莎公爵与夫人也是如此，一宗曾使全世界的恋人为之落泪动容的爱情，从我们年幼的时候就飘荡在我们的胸腔之中，然后我们立下了这样的志向：如果我右手有江山，左手有美人，我也要放下右手的江山来拥抱左手的美人。

可是志向只是志向，我们不可能同时拥有江山与美人，要是有，可能也放不下，连一代枭雄拿破仑都办不到，他的境界只留在“醉卧美人膝，醒掌天下权”的境界。

一般人为爱情作小小的牺牲都难以办到，何况是舍弃江山去追求爱情呢？

试想当年，风度翩翩的韦尔斯王子，准备继承他父亲乔治五世的王位成为爱德华八世，加上他容貌出众，干练而有理想，是那个时代全世界最受少女仰慕的王子，以他的风采与地位，要找一位最美丽、最杰出、最聪明的妻子，简直是易如反掌。

他应该拥有最好、最美的一朵牡丹，这也是全英国的期望。可是他喜欢的不是牡丹。

他爱上了一个离过婚的有夫之妇——辛普森夫人。

辛普森夫人本名华丽丝，当年三十四岁，是伦敦商人艾奈斯特的太太，既不年轻也不貌美，既不富裕又没有受过良好教育，她的身体也不健康，胃病时时发作。在一九三〇年代英国人民的眼中，辛普森夫人简直一无是处，偏偏他们的国王爱上了这个女子。

那种心情是可以想见的，就如同我们有一园子盛开的牡丹，请朋友来观赏，朋友在园子里绕了半天却说：花园角落那一株紫色的酢浆草开得真是美。

华丽丝就像那株紫色酢浆草，而且还不是初开的，已经是第三次开放。

后来，爱德华八世如何为了华丽丝不惜与首相闹翻，放弃江山，是大家都知道的故事，也成为这个冷漠无情的世界里一个真实动人的爱情典范。

我并不想评述这段爱情，我有兴趣的是，人人都说牡丹好，如果我们觉得牡丹的美不如朱槿花，为什么不勇敢地说出来呢？或者说当我们面对爱情的试炼之时，是不是能打开一切条件的外貌，去触及真实本然的面目呢？是不是能把物质的一切放在一边儿，做心灵真正的面对呢？

这个世界，许多女人都拥有钻石、珠宝、貂皮大衣，但是真正觉得钻石、珠宝、貂皮大衣是美丽的女人极少，绝大部分是只知道它的价钱。

我们在钻石的光芒中找到的美不一定是纯粹的美，我们在海边无意拾获的贝壳之美才是纯粹的美。我们在标价百万的兰花上看到的美不一定是真实的美，我们在路边无意中看见的油菜花随风翻飞才是真实的美。爱与牡丹也是如此。爱德华八世和辛普森夫人的爱不一定是纯粹与真实的美，只有还原到戴维与华丽丝，才有了纯粹与真实之美。牡丹如果是放在花盆里用冰块冰着，供给众人瞥看一眼，不是真美；只有它还原到大地上，与众花同在，从土地生发，才是真美。

我们不必欣羡爱德华与辛普森夫人，我们只要珍惜自己拥有的小小的爱就够了，我们的爱虽平凡渺小，即使有人送我江山，也是不可更换的。爱之伟大无如我者，小小江山何足道哉！

我们也不必欣羡牡丹，我们只要宝爱自己所拥有的菊花、玫瑰、蔷薇、茉莉，乃至鸡冠花、鸡屎菊也就是了。在这个大地上，繁花锦绣无不是美，我对美的见识如此壮大，小小牡丹何足道哉！

把帝王之花还给帝王。把花中之后还给皇后。我只把最真实、最纯朴、最能与我的美感或爱情相呼应的留给我自己，我自己就是江山，我自己就是一个具足的宇宙。

一滴水到海洋

一位弟子追随一位得道的师父。过了几天，他去请教师父：“什么是人生的价值？”师父总是不告诉他，他愈发显得着急，一再地去求教。

有一天，师父被缠不过了，从房子里拿出一块儿石头，那石头看起来很大，也很美。师父说：“你带这块石头到卖蔬菜的市场去卖，但是不要真的卖出去，只要试着卖，看看蔬菜市场的人可以出什么样的价钱。”

那个弟子真的带着石头到蔬菜市场去试卖。很多人围过来看，有的说：“这么美的石头可以给孩子玩。”有的说：“这么大的石头当秤锤刚刚好。”于是人们纷纷给石头出价，从两元到十元不等。

弟子带着石头回来见师父，说：“在蔬菜市场，这个石头只能卖到十元的价钱。”

师父又说：“现在你把这石头拿到黄金的市场去卖，但是不要真的卖出去，看看黄金市场的人可以出什么样的价钱。”

弟子照着吩咐去做了。当他从黄金市场回来的时候，很高兴地向师父报告:“在黄金市场，他们出的价钱很好，这石头可以卖到一千元。”

师父又说:“现在，你把这石头拿到珠宝店去，还是不要卖出去，只要看看珠宝店的人可以出到什么样的价钱。”

弟子拿着石头到珠宝店去卖时，他简直无法相信，因为第一个人就出价五千元，由于他不卖，珠宝店的人竟一直加价，最后加到几十万元。弟子还是不肯卖，最后珠宝店的人说:“只要你肯卖，任你开个价吧！”弟子说:“我只是奉师父之命来试这个石头的价钱，不管出多高的价，我的石头都是不卖的。”弟子离开珠宝店的时候，他心想，黄金市场和珠宝店的人简直是疯狂，因为在他看来，一块石头能卖十元就够好了。

他回来向师父报告在珠宝店得到的开价，师父说:“一块石头的价值，是由了解的深浅而定的。如果一个人没有足够好的眼睛，所有的石头，价值都不会超过十元，正像你在蔬菜市场遇到的那些人。你每天追着我问人生的价值，可是你的眼睛只停在蔬菜市场的层次，我给你一颗钻石，你也会以为只值十元。如果你成为珠宝商，认识真正的宝石，我给你的宝石才会成为无价。现在，你先不要向我要人生的宝石，先使你自己拥有珠宝商的眼睛，那时候你来找我，我就会教你人生的价值。”

这是苏菲修行者的故事，它有两个重要的寓意:

一是想要追求人生更高的奥秘，一定要在心灵上有所准备，要养成慧眼，这样才能承受真正的“道的宝石”，如果没有慧眼，最好的钻石摆在眼前也与石头无异。

二是万事万物并没有绝对的价值，而是缘于了解的深浅而显示价值的高低，唯有心灵的提升才能坚持出一种绝对的价值。有绝对价值的人，吃饭喝茶中都有深奥的境界，因为人生的奥义并不在那相对于分别的世界，而在绝对的性灵中。

不久前，我去参观一个奇石的展览，就想到苏菲的这个故事，那所谓的奇石全不假人工的雕琢，而是捡拾自深山、溪流、海边，个个都有奇特的风姿。它们的定价从数千到数十万都有，如果不是收藏奇石的那个圈子里的人，很难理解为什么一块儿石头可以卖到几十万。但是听说有很多是非卖品，即使那个圈子里的人愿意花几十万元买石头也买不到呀！

那些原在深山、海岸、溪畔的奇石，普通人根本就懒得去捡，所以发现而捡拾的人就可以说是慧眼独具了，他们的慧眼则是在对石头的爱与了解中产生的。当然也有人为了卖钱而捡石头，有一位奇石收藏家就告诉我：“为了卖钱而捡石头的人，往往捡不到最好的石头。”

但是，不管是为爱而捡或为钱而捡，不管有什么样的定价，不管是在深山或在艺术馆的架上，一块儿石头的本质是不会改变的，在改变与波动着的只是我们的眼睛，我们的心。

石头存在的本身就饱含了价值，不因慧眼或俗眼而改变。其实，万物的本身都有不可替代、无法定价、深刻无比的价值，此所以“森罗万象许峥嵘”，此所以“翠竹皆是法身，黄花无非般若”，此所以“溪声尽是广长舌，山色无非清净身”……

保持内心如宝石一样的质量，比起为宝石定各种价钱要高明得多了。

从前，牛顿在苹果树下，被一个苹果打中而发现地心引力。这是多么伟大的发现，但是如果没有那个适时落下的苹果，可能要晚几百年才会被发现。所以，也许市场里一个苹果卖十元钱，可是一个苹果也可以是地心引力的引信，也可以是无价的。

有一个这样的笑话——

一个孩子读了牛顿发现地心引力的故事，就跑去坐在苹果树下，想自己说不定也可以发现什么大的道理。他坐在苹果树下胡思乱想，为什么苹果树这么高大，却长出这么小的苹果，而大西瓜却相反，长在小小的西瓜藤上？小苹果长在大树上，大西瓜却长在小小的藤上，这里面一定有什么伟大的道理吧？

正在苦思的时候，一个苹果“啪”一声落在他的头上，他突然欣喜若狂地发现了：“还好是一个苹果，如果是大西瓜落下来，我还会有头在吗？原来大西瓜长在地上是有道理的，至少落下的时候不会有人受伤。苹果长在大树上是很好的，西瓜长在地上也是很好的，万物的存在都有它的道理。”

事物的价值源自于人心的价值，如果心的价值不被发现与确立，事物的价值也就得不到确立了。有一个朋友千里迢迢带回来大陆寺庙改建时拆下的砖送我，说是唐朝的砖。我左看右看，端详这块朋友口中“伟大而有历史的砖”，却总是看不出它的殊异之处。我想，如果把这块砖放在忠孝东路人群最多的地方，也不会有人捡拾，或者第二天就被清道夫丢进垃圾车里。这块儿毫不起眼、重达五公斤的砖块，以锦盒包装，被抱在怀中，飞山越海，到我的手上，只是因为在我们的心里先确立了，才会发现它的价值呀！

当一个人的心没有价值观与质量感时，当一个人的心只有垃圾时，所看见的世界也无非是垃圾！

在现代社会，真实的价值之所以被隐没，就是人心被隐没的结果。假若说，人心的价值是一滴水，万物存在的价值是一片广大的海洋，那么唯有发现心里一滴水的人，才能体会海洋也是一滴水的汇集与映现。轻视一滴水，就是轻视整个海洋，而能品味一滴水，也就能品尝海洋的真味了。

愿作自由花

经过中部大平原，突然看见在稻田中有一大片金黄色的花，在阳光中格外耀眼，停了车，从田埂走到花中，仿佛走进一个金黄色的梦。

仔细看，才知道原来是青花菜所开出的花，我们平常在市场看见的白花菜、青花菜都是一球球的，往往让我们忘记原来它们是花。因此看到眼前这一片青花菜令我感到吃惊，十字形的花朵从团团的菜花中抽放出来，拉高竟到了人的腰际，开得非常非常繁密，但因有高低的层次，并不让人感到拥挤。在绿色的稻田里，这一片金黄色的菜花有如闪电一般，有慑人之美。

它占地约有一亩，又在早春的风中摇曳，使我看见了土地的温柔与源源不绝的生机。

站在田中面对这一片青花菜的黄花，我思索着它被留下来的理由，有可能是菜农要收成青花菜的种子，也有可能是稻田保存地力的轮替，还有可能是菜价低贱，农夫懒得收成而任其开花怒放。

不管是什么理由，青花菜被留下来是唯一的真实，它比所有的同类幸运；大部分的青花菜没有开花的机会，花苞结成就被采收了，因此，大部分吃青花菜的人没有机会看见这大地上的美丽之花。这片青花菜何其幸运，是同类中仅有的自由花，我又何其幸运，能看到它毫无顾忌地怒放，这无非是一次殊胜的因缘呀！

当我继续开车前行，眼前好像一直都看见那金黄色的影子，一闪一灭，这平凡的青花菜最令我动容的是什么呢？为什么它竟成为中部大平原上最耀眼的风景呢？

是它的自由！

当我看到青花菜的自由，感觉自己就像从束缚中被解放出来，我们大部分人就如同市场中的青花菜一样，在还没有完全开放时就被采收，因而不知道自己也可以开出最美丽的黄花。

人也可以自由开放吗？

当然！自由的开放可以说是禅者最主要的风格，乃至于可以说是佛教的基础，修行者最重要的就是自由，是无牵无挂、无拘无束、无碍无缚。什么是自由？自由不在境上，而在心中，自性清净的人不为境转，是为自由；证悟空性者，知悉无常迁化，就不会被外物所役、所捆绑了。

因为这样的自由，当我们看到禅师如是的对话，就不会吃惊了：

僧问："如何是三宝？"

潭州总印禅师:“禾、麦、豆。”

僧问:“如何是佛法大意?”

明州法常禅师:“蒲花、柳絮、竹针、麻线。”

僧问:“如何是禅?”

石头希迁禅师:“碌砖。”

僧问:“如何是道?”

径山道钦禅师:“山上有鲤鱼,水底有蓬尘。”

僧问:“如何是西来意?”

天柱崇慧禅师:“白猿抱子来青嶂,蜂蝶衔花绿叶间。”

生命的真实里固已解脱了束缚,问答之间又何必有什么丝线呢?在自性的清净自由里,万事万物都是三宝、是佛法大意、是禅、是道、是西来意,其中并没有分别,因为有分别就有执着、就有相、就会生心、就偏离了自由。

我认为修行者可以用“六自”来说:自觉、自由、自在、自主、自信、自尊。

一切自由的开端是来自觉悟，等觉悟到自性清净本心时才能做自己的主人，自主之后才得以过无碍自由进退自在的生活，这时体会到生命的真意而有绝对的信心，也因知悉佛性而具有了生命的尊严。

但是自由自在不是放任，我们来看一个公案：

招提慧朗禅师造访石头希迁禅师：

问曰:“如何是佛？”

师曰:“汝无佛性！”

曰:“蠢动含灵又作么生？”

师曰:“蠢动含灵却有佛性。”

曰:“慧朗为什么却无？”

师曰:“为汝不肯承当！”

慧朗言下开悟。

好一个“为汝不肯承当！”自觉、自由、自在、自主、自信、自尊全是来自“承当”二字，承当不是我见我执的度量和计算，而是用无念的自我来面对客观的外境，是内外在世界的完全统一——

最究竟的解脱是体证到圆满的自我生命，而进入解脱门的是即心即佛，心佛无二是最伟大的承当。

承当，就像青花菜昂然美丽地站在土地上。

承当，是坦然面对风雨，自在地盛放。

承当，是即使明日要凋谢，今天还能饱孕阳光，微笑地展颜。

作为花，就要努力开放，作为人，就要走向清净之路，这是承当。

那中部大平原的一亩青花菜的黄花，既有自由，又有承当，它站在那里默默地生长着，但它雷声一样地展示自己的自由，使我想起《金刚经》的一句："说法者无法可说，是名说法。"

莲花与冰冻玫瑰

莲花

他们都爱莲花。

学生时代，他们一听到什么地方种了莲花，总是不辞路远跑去看，常常坐在池塘岸边，看莲看得痴迷，总觉得莲花不管在什么样的情况下都美。

初开的有初开的美，盛放的有盛放的美，即使那将残未谢的，也有一种说不出的温柔而凄清的美丽。

有时候季节不对，莲花不开，也觉得莲叶有莲叶的清俊，莲蓬有莲蓬的古朴。她常自问：为什么少女时代的眼中，莲花有着永远的美丽呢？后来知道，也许是爱情的关系，在爱情里，看什么都是美的，虽然有时不知美在何处。

几次坐在池边，他总轻轻牵起她的手，低声说："我们可以不要名利财富，以后只要在院子里种一池莲花，就那样过一辈子。我可以在莲花池边为你写一辈子的诗。"

他甚至在私下把她的小名取作“莲花”，说在他的眼中他永远看见一池的莲，而她的声音正像是莲花初放那一刻的声音。

学生时代，他就是小有名气的诗人了，每天至少写一首诗送她，有时一天写几首，那真像一池盛放的红莲，让她觉得自己是他的一池莲中最美的一朵。

但她不是唯一的一朵，她知道自己怀孕的时候，他正在外岛服役，她高兴地写信给他说：“我们将会有一朵小莲花。”没想到从此却失去了他的消息。

最后，她把小莲花埋葬在妇科医院的手术台上。

她结婚以后，央求丈夫在前院里辟了一个大池塘，种的就是莲花。她细心地无微不至地照顾那一池莲花，看着莲花抽芽拔高，逐渐结出粉红色花苞；而那样纯粹专一地养着莲花，竟使她生出一种奇异的报复的情愫。每当工作累了，她就从书房角落的锦盒里取出他写过的一叠诗来，一边回味着当年看莲花的心情，一边看着窗外暗影浮动的莲花，感觉到那些优美而稚嫩的诗句已随着当年的莲花在记忆里落葬，而眼前，正是一畦新莲，长在另一片土地上，开在另一种心情上。

有时未免落下泪来，为的是她竟默默在实践着少年时代他的誓言，唯一慰藉自己的是他讲这誓言的当时应该是充满真挚的吧。

她有着一种无比深厚的母亲的宽容，逐渐原谅他的离去。她感觉自己的宽容像水面的莲叶那样巨大，可以覆盖池中游着的鲤鱼。

她亲手种植的莲花终于完全盛开了，她的丈夫也为此而惊叹，对她说："我听说，莲花是很难种植的花，必须有无比的坚忍和爱才能种起来，没想到你真的种成了。"她微笑着，默默饮着去年刚酿成的红葡萄酒。丈夫初尝她做的酒，对着满院的莲花说："你这酒里放的糖太少了，有点儿酸哩！今年可要多放点儿糖。"她也只是笑，做这酒时有一点儿恶戏的心情，就像她种莲花时的心境一样。

莲花结成莲蓬，她采收的时候，手禁不住微微抖颤着，黑色的莲蓬坚实地保卫着自己心中的种子。她用小刀把莲蓬挑开，将那晶莹如白玉的莲子一粒粒地挖出来，放在收藏他的诗信的锦盒上。莲子那样清洁，那样纯净，就像珠贝里挖出的珍珠，在灯光下，有一种处女的美丽，还流动着莲花的清明的血。

她没有保存那些莲子，却炖了一锅莲子汤，放了许多许多的冰糖，等待丈夫回来。

丈夫只喝了一口，就扑哧吐了一地，深深地皱着眉头问她："这莲子汤怎么苦成这样？"她受惊了，赶忙喝了一口莲子汤，硬生生地吞了下去，一股无以形容的苦流过她的舌尖，流过喉咙，在小腹里燃烧。

看她受惊，丈夫体贴地牵起她的手说："莲子里有莲心的，莲心是世上最苦的东西，要先剥开莲子，取出莲心，才可以煮汤。"

她捞起一颗莲子剥开，果然发现翠绿色的莲心，像一条虫蛰伏在莲子里面，为此她深深地自责起来：为什么以前她竟不知世上有莲心这种东西。

丈夫拿起桌上的莲心说："也有人用莲子来形容爱情，爱情表面上看起来像是莲子一样，洁白、高贵、清纯，可是剥开以后，有细细的莲心，是世上最苦的东西。如果永远不去吃它，不剥开它，莲子真是世界上最美的果实呢！"

她终于按捺不住，哇啦一声痛哭起来，腹中莲子汤的苦汁翻涌成她的泪水。那时候她才知道她永远不会忘记陪她看过莲花的人，那个人不只带她看了莲花，还让她成为莲子里那一条细长的莲心，十几年后还饮着自己生命的苦汁。

冰冻玫瑰

他认识一个长辈，五十余岁的人了，看起来像刚三十岁的，她的脸上还有一种光灿的神采。由于善于保养的关系，她的身材还维持着可能在他还没有出生以前她就保有的身材。

每次去看她的时候，他就真正知道，时间和岁月并不是多么可怕的东西，总还有抗衡的余地。她是战胜了时间——至少，是和时间拔河，而后来的二十年并没有失去。

她独自居住在一栋巨大的房子里，他每次去，看她坐在窗口，阳光从她脸上抚过，觉得她真是有一种不可言喻的美。不只她的脸美丽一如少妇，眼睛也有格外闪亮的光华，只是她微微布着皱纹的唇角有一种智慧，是少妇不可能有的，虽然他并不明白那是何等的智慧。

她常常请他去谈艺术，喝着她从国外带回来的伏特加酒。那酒看起来清淡如水，饮着，微微有一种苦意，喝入腹中则浓浓地烧炙起来，可以感觉到它在血管中流动的速度。他是善饮的人，因此总是劝她少量地饮，但她饮了酒以后却生出一种连少妇都不能有的明媚，一如少女，谈着她对人生未来的期待，她还没有完成的艺术之梦，她对情爱的憧憬。听的时候总令他忘记她的年纪，深深地为未来的美而感动不已。

有一天清晨，他去探望她，路过一家花店，看到红色的玫瑰开得正盛，就挑了九十九朵玫瑰去送给她，对她说："青春长久。"她接过玫瑰后默然不语，把它们插在一个巨大的盆子里。然后他们坐在玫瑰花边，她涌出明亮的泪水，对他说："已经有十年，没有人送过我玫瑰花了。"

她流着泪，说起了她的一生，三次失败的婚姻，十余次还可以记忆的爱情，以及数千个寂寞凄清的异国之夜。说到最后，她幽幽地说："我的大儿子正好和你同年，看到你，我总是想起自己的孩子。"他陪着她饮完一整瓶伏特加酒，自己的脸上爬满了泪痕，他们相拥痛哭，她拍着他的肩说："孩子，不要哭，孩子，不要哭……"声音喃喃，犹如清晨破窗而入的阳光。

她擦干泪水，微笑着对他说：“青春不是玫瑰，青春是伏特加酒，看起来不怎么样，喝光的时候，才知道它的后劲蛮强的。你是送我玫瑰花的孩子，我会永远记念着你。”她醉了，靠在窗口睡着了。他不敢惊动她，看着她泪痕犹湿的侧脸，好像自己已经陪着她，从她的幼年时代，一起经历了一个大时代的变乱，还有无数个充满美丽和哀愁的故事。她像他的母亲一样，带他走过了一个巨大的园林，看到许多尚未愈合的伤口，那些伤口，他们认识五年，她从来没有说过，仅仅像一束玫瑰花，每一朵都有一个故事。

隔了一个星期，他去看她。她进屋去端出来一盆玫瑰，是他送给她的，却还新鲜如昔，花瓣上还有初摘时一样的水珠。她说：“你看，你带来的玫瑰还没有谢哩！”他惊奇地说：“呀！没有玫瑰能维持这么久。”

“我把它冰在冰箱里，在冰箱里的玫瑰可以活两个星期以上。”她微笑着说，“你看我的时候，是不是觉得我永远不会老？不是的，我只是冰冻起来，把我的青春和爱情冰冻起来，让它不至于变化，但是再长就不行了，在冰箱里的玫瑰，放久了，也会谢的。”

那一刻，他才体会到她真是老了，一个年轻的少女不会有把玫瑰冰冻起来的心思，那样无奈，那样绝望。

她似乎猜中他的心思，对他说：“其实，我最后的岁月是这样准备着：我还要轰轰烈烈地爱一次。我少女的时候曾爱过，但不知道怎么去爱，后来我知道了怎么去爱，我已经过了中年。现在如果我有一次新的爱情，我会全心全意地，把整个人生奉献出去，当这个心愿完成的时候，我一定会在一夜间死去。中年人真心地去爱是会耗尽心力的，就像一株竹子，每一株竹子一生只准备开一次花，年轻的时候，竹子不知道怎么开花，等到它会开花的时候就一次怒放，开完花就死去了。”

他们谈到了爱情，她的结论是这样简单：一个人一生中真正的爱只有一次，我觉得我的那一次还没有到来。

他终于知道她为什么总也不老的原因，那是她把二十年的青春冰冻起来，准备着最后一次的殉情，所以她不会老。他知道：她在他的心里是永远不会老的。

后来她出国了，他路过她家附近时，总是为她祈祷，为青春与爱的不死祈祷。想念她时就记起她说的：“一朵昙花只开三小时，但人人记得它的美；一片野花开了一生，却没有人知道它们。宁可做清夜里教人等待的昙花，不要做白日寂寞死去的野花。”

走向无限的原野

从前的乡下戏院，在电影散场的前十分钟，守门人会把大门打开，准备疏散看戏的人潮。

那十分钟，会网开一面让买不起电影票的孩子进去看，在乡下叫作“捡戏尾仔”。

我是捡戏尾仔最忠实的孩子之一，每天一放学，就飞奔到戏院门口，常常跑得太快，书包像风筝一样，比肩膀还高。

到戏院门口紧急刹车，一边喘气一边等待，大门打开就和其他孩子一拥而入，站在最后一排看电影的结局。

那时流行武侠片和西部片，电影的结局其实是很类似的，通常是古代的侠客或西部的枪手行侠仗义已经结束，孤独地策马走向无限的原野。

我在当时就有两个疑惑，一是为什么古代的中国侠士和现代的西方英雄是如此类似，孤单地来，孤单地去，为什么他们不在一个地方定居呢？二是为什么他们最后都要走向原野，原野是不是人生最好的归宿呢？

结局虽然如此类似，但那种策马走入原野的欢喜心情，是难以形容的。

看完电影，天已经晚了，我在黄昏的原野间奔跑回家，仿佛一只鸢，滑翔过草原，背景是诗歌般的弦乐。

每天看戏尾仔的时间那么短暂，却影响了我对生命的美感经验，知道人是孤单地在原野中穿行，生命中发生的欢喜或悲愁，只是大原野中的小小驿站。

人生没有什么好计较争胜的，戏开始时，独自从原野走来，戏结束了，孤单地走向无限的原野。

过程中如真如实的人生，其实都是如戏如梦的。

生命的出口

坐在窗边喝茶看报纸，读到一则消息：一个高中女生为情跳楼自尽，第二天，她的男友从桥上跳入河心，也自杀了。

这时候，一只小黄蜂从窗外飞了进来，在室内绕了两圈，再回到原来的窗户，竟然就飞不出去了。

可怜小黄蜂不知道世上竟有玻璃这种东西，明明看见屋外的山，却飞不出去，在玻璃窗上撞得“咚咚”作响。

忙了一阵子，眼看无路可走了，它停在玻璃上踱步，好像在思考一样，想了半天，小黄蜂突然飞起来，绕了一圈儿，从它闯进来的纱窗缝隙飞了出去，消失在空中。

小黄蜂的举动使我感到惊奇，原来黄蜂是会思考的，在无路可出之际，它会往后回旋，寻找出路。

对照起来，人的痴迷使我感到迷茫了。

对于陷入情感里的男女，是不是正像闯入一个房子的小黄蜂，等到要飞出去时已找不到进入的路口？是不是隔在人与生活中的情感玻璃使我们陷入绝境呢？隔着玻璃看见的山水和没有玻璃相隔的山水是一样的，但为什么就走不出去呢？

在这样的绝境，为什么人不会像小黄蜂退回原来的位置，绕室一圈，来寻生命的出口呢？是不是人在情感上比小黄蜂还要冲动？是不是由于人的结构更加细密，所以失去像小黄蜂那种单纯的思维？是不是一只小黄蜂也比人更珍惜生命呢？

对这一层一层涌起的问题，我也无力回答，我只知道人在身陷绝境时，更应该懂得静心，懂得冷静地思考。在生命找不到出路时，要后退一步，观照全局。或者，就在静心与观照时，生命的出路就显现出来了。

昨日当我们年轻时，在情感挫折的时候，都会想过了结生命，以解脱一切的痛苦与纠葛。

但是今日回观，并没有必死之理，那是因为情感的发展只是一个过程接一个过程，乃是姻缘的幻灭，如果情爱受挫就要自尽，这世上的人类早就灭绝了。

何况，活着，或者死去，世界并不会有什么改变，情感也不会变得深刻，反而失去再创造再发展的生机，岂不可惜复可怜？

正如一只山上飞来的黄蜂，如果刚刚撞玻璃而死，山林又有什么改变呢？现在它飞走了，整个山林都是它的，它可飞或者不飞，它可以跳舞或者不跳舞……它可以有生命的许多选择，它的每一个选择都会比死亡更生动而有趣呀！

第一次情感失败没有死的人，可能找到更深刻的情感。

第二次情感受挫没有死的人，可能找到更幸福的人生。

许多次在情感里困苦受难的人，如果有体验，一定会更触及灵性的深度。

我这样想着，但是我并不谴责那些殉情的人，而是感到遗憾，他们自己斩断了一切幸福的可能。

我的心里有深深的祝福，祝福真有来生，可以了却他们的爱恋痴心。

可叹的是，幸福的可能是今生随时可以创造的，而来生，谁能知道呢？

一粒米大如须弥山

曹源一滴水，
佛祖相分付。
至今授受时，
大地为甘露。
——慈舟方念禅师

小时候家里种稻子，因此在吃饭时，大人总对米粮特别注意，吃完饭都要检查饭碗里是不是还有米粒，甚至掉在桌上或地上的米饭也要捡起来吃。

我对稻米有特别的情感，至今还留有一些不可磨灭的印象，例如在收割稻子的时候，我们小孩子总要在收割完的田里捡拾遗落的稻穗。而在晒谷时，把谷扫完后，总要仔细在晒谷场巡视有否遗落的谷子。

母亲很早就起来煮饭了，我们的早餐就是喝煮饭时刚滚开的水，加一小撮糖，我们叫作“米汤”。下午放学回家，大锅里的饭都吃光了，母亲会用铲子把锅底一层厚实的锅巴铲下来，撒一把糖，两面相夹，那就是最好的点心了。

我一直到现在都很怀念幽香清远的米汤和香脆坚实的锅巴，不是吃大锅饭的农家子弟是很难有机会吃到这些美味的。

从前珍惜米饭，除了是勤俭惜福，也是对大地生养的感恩，一直到现在，我每看到有人糟蹋食物，心里都十分慨叹，怀念起那珍惜着一粒米的时代。

最近读日本近代禅者森冈龟芳的《生活禅》，里面有一个故事非常令人感动。森冈的故乡温泉郡余土村的村长森恒太郎是非常受爱戴的人，但是中年以后得了很严重的眼疾，虽然用尽各种方法治疗，最后还是失明了。森恒村长失明以后，觉得自己再也没有能力为村民服务，又怕因眼疾会拖累老母、妻子和两个子女，于是决定自杀求取解脱。

有一天吃过中饭，他决定当天就要自杀了，在他摸索着起身的时候，手指碰到桌上的一粒米饭，他自然地把米饭拾起放进口中咀嚼，想起在年幼时母亲的教导，吃饭前应该先虔诚致礼地感谢，要珍惜小小的一粒米。森恒村长自问道:“为什么要如此珍视一粒米呢？”接着他豁然有悟，他悟道:“虽然是小小的一粒米也可活人性命，而一粒米可以长出许多米来，现在我只是眼睛瞎了就意图自杀逃避，比起一粒米还不如呀！”想到这里，心境光明而开朗，从此东奔西走，致力于村民的福利，终使余土村成为模范村，而森恒则成为更受爱戴的人。

一粒米在饭碗里很小，可是整碗饭就是由一粒粒的米组成的，一粒米作为种子，一年后可以长满整个稻田，所以，一粒米也是很大的。

在古代的丛林寺院有一首偈说：

施主一粒米，大如须弥山。
若不勤办道，披毛戴角还。

这是提醒寺僧们要珍惜受食，如果吃米饭而不办道，下辈子就会做牛做马来偿还了。

一粒米是很大的，一也是很大。从前，释迦牟尼佛修行的时候，每天只吃“一麻一米”，禅道的起源是佛陀在灵山上拈“一枝金波罗花”而开始的！

在大与小之间，在一粒米与须弥山之间，如果能冲破藩篱，就可以领会禅的真意。

《法华经》说：“一味之水，草木丛林，随分受润，一切诸树，上中下等，称其大小，各得生长。”

《无量寿经》说：“彼国菩萨承佛威神。一食之顷。往诣十方无量世界。”

《摩诃止观》说：“一微尘中，有大千经卷；心中具一切佛法，如地种、如香丸者。”

《药师经》说："愿我来世得菩提时。若诸有情众病逼切，无救无药，无亲无家，贫穷多苦，我之名号一经其耳，众病悉除。身心安乐，家属资具悉皆丰足。乃至证得无上菩提。"

唯有了解"一"，我们才能深切体会净土行者说的："念佛一声，功德无量；礼佛一拜，罪灭河沙。"也才能了解禅者说的"一入耳根，即成道种""向上一著，千圣不传"。

知道一是深远的，就知道"一时之间"便是"无量劫"，可以使我们当下无碍，得到圆融的智慧。

知道一是广大的，就知道遍一切处都有禅心，烧香散花，无非中道，修禅诵经，尽是真如。

《从容录》里有一则动人的故事：世尊和弟子们在田野间散步，看到风景优美，以手指地说："这里应该盖一座寺庙。"天帝随手拔一茎草插在地上，说："寺庙已经盖好了。"世尊点头微笑。

一茎草就是一座最庄严的佛殿，无怪乎赵州和尚要说："老僧把一枝草作丈六金身用。把丈六金身作一枝草用。"我们修行者说"三千威仪，八万细行"，就要从"一"开始，珍惜一茎草、一粒米、一碗米汤、一块锅巴，须知"曹溪一滴水"——天下的水都是从这里来的！

佛手玉润

我们常去吃饭的天阳素食餐厅，有一道菜，名字是“佛手玉润”。佛手玉润是佛手瓜炒素火腿。由于佛手瓜是透明的，炒出来真的像玉一样，吃起来有佛手瓜特有的香气，不论是视觉、嗅觉、味觉都有神清气爽之感。

我自幼就喜欢佛手瓜，喜欢看它那肥肥圆圆的样子，也喜欢闻佛手瓜，它的香气使人有出尘之思。当然，也喜欢吃。但是我们从前吃佛手瓜很少炒的，多是切丝煮清汤，或者是把它晒干了，切成一片一片的煮茶喝。夏天的时候喝佛手茶最好，清凉、微带苦味，加一点儿冰糖。在那个没有冰箱的时代，能喝到佛手茶，觉得炎炎夏日也有着清凉的依附了。

后来学了佛，更喜欢佛手，每次看见都会买一些回家。样子很美的就留下来观赏，看它自然地风干，愈干的佛手香气愈甚，到后来，坚硬如木，可以久藏，放久的佛手也不会失去它的香气。偶尔切几片来泡茶，冬天的时候热饮，夏日时冰镇，每次喝的时候神思飘逸，仿佛可以体会佛一手指天、一手指地说“天上天下，唯我独尊”那种非凡的气概。也仿佛看见了佛以金色手臂指着大地说：“心静，则国土净。”又好像看见佛在菩提树下，伸手指着大地说：“我所走过的路，大地都留下证据。”呀！那样的心情，没有喝过佛手茶的人怎么能品味呢？那些样子不怎么美的佛手，就切成细丁与姜丝一起熬汤，滋味也甚为鲜美。

在乡下，佛手是极为平凡的食物，市场里论斤出售；在城市，佛手奇货可居，水果店里一粒卖到一百多，而且还不是经常可以买到。几天前，在永春市场看到有老人卖佛手，我一口气全买了，有朋友来访就赠送一粒，感觉到佛手真是无比珍贵的礼物。

自从学佛以后，加上感情因素，对于任何与佛有关的事物，都有说不出的亲切。就说现在正盛产的释迦好了，每天买几个熟透的释迦来吃，真是人间无比的享受。有一次，到台东去演讲，有一位住在太麻里的读者，坐了很久的车，只为了送给我一箱自己种的释迦。她说：“我知道你一定会喜欢吃释迦的。”令我深受感动，那箱上好的释迦回台北一星期才吃完，每回吃的时候，就有很深的感恩的心，感恩这土地生长如此美味的水果，感恩这世界还有着纯良的人情。

有一天夜里，一位朋友来看我，送给我一包菩提叶茶，那茶是以菩提叶、菩提花、菩提子干燥而成，泡出来的色泽也像玉一样，滋味与色泽一样的清纯温润。不知道是谁，竟可以想到用菩提叶来做茶。

朋友告诉我，那菩提叶茶是法国进口的，制造的动机不明，可能是由于健康的因素，因为在包装上说菩提叶茶可以清肺、润喉、润胃，还可以安眠哩！

我开玩笑地对朋友说:“法国人是很浪漫的，说不定是有一位法国人听到佛在菩提树下成道，大受感动，想到是佛成道的树，叶子一定很好喝的吧！再加上花果，就更好了。”

当然，这只是一种玄想，不过能想到把菩提叶拿来制茶，就是很纯美的动机了。在台湾也有许多菩提树，春天的时候换装，会长出鲜黄嫩绿的小叶子，说不定我们可以试试来做茶，以台湾制茶技术的高超，必然会比法国人做出更好的茶吧！

讲到喝茶，我也喜欢喝“铁观音”，这名字极适合沉思，最慈悲柔软的观音入茶的时刻竟成为“铁打”的，那是由于观音有极坚强的悲愿吧！喝铁观音时，我常想，但愿喝到这茶的人都能体会到观音菩萨的心。

我还喝过一种福建的茶，名曰“佛手乌龙”，但它不是用佛手瓜做的，用的是乌龙。为什么又叫“佛手乌龙”呢？原来是采茶时有特别的技术，使每一片茶叶头部平直，尾端则曲卷成团，看来就像一只佛手。泡过的茶叶还可以维持原来的形状，真的很像佛手，由于取了“佛手乌龙”的名字，喝的时候就感觉更值得品味了。

佛的心真是温润如玉的吧！即使佛的心是甚深极甚深，但在我们生活的四周，不也有许多事物给我们亲切极亲切的体会吗！

在人世许多小小的欢喜之中，我总是怀着无比感恩的心。

○

肆

心田上的百合花

楚楚浮生

“不全然欢喜，也不伤感，这就是人生！我不常抬头仰望天空，因为当我再度低头平视时，又得面对一个糟透的世界。”

这是近代电影大师楚浮在少年时代对自己人生的告白。楚浮十四岁时因环境问题就失学了，但他钟情于电影和艺术，还不满十六岁就办电影欣赏会，因为经营不善欠下一屁股债，最后被送进少年感化院。院方强迫他写一篇自白《生命中最好的或最坏的冒险》，前面引用的就是自白中的一段。

楚浮，可以说是这个年代学电影或向往电影的青年的偶像，虽然去世到今年正好满十年，依然令人怀念。

我在少年时代热爱电影，也会把楚浮当成偶像，如今越过二十年的岁月，从前看他的《日以作夜》《八又二分之二》《四百击》《夏日之恋》《巫山云》的感动的情景，还历历如在眼前。

与楚浮同一时代的电影大师很多，为什么独独钟情于楚浮呢？

我在记忆中思索一些理由。首先楚浮是那个时代中最敏感、浪漫的典型吧！他不像尚卢高达那么跳动不安，不像费里尼那么暧昧不明，也不像维斯康提那样冷淡缥缈。可以说，在法国新浪潮的电影巨匠中，他是最有逻辑而能令人感动的一位。如果我们把楚浮的电影归类为艺术作品，那么他的电影是那个时代的大师中最能被大众欣赏的。

其次，楚浮叛逆的青少年时代以及终其一生的孤独，使他的电影中有一种锐利的气质，很能安慰那些不合时宜的少年的心。我常觉得，凡是从事创作，不论是绘画、文学、音乐或电影，创作者多少总要有些叛逆、孤独、锐利的气质，否则难以成其大，这也是为什么学院和官方无法培育出大创作者的原因。

楚浮没有受什么教育（更不用说电影教育了），可是他的电影里毫不避讳他在童年时代的孤单不快乐和少年时代被送进感化院那种悲哀的心情。因此，他在《生命中最好的或最坏的冒险》中说道：

“关于我的父母，我把他们当作碰巧是我爹、我娘的人类，跟陌生人没什么两样。

“我不相信友谊，也对和平感到怀疑。

“对于耶诞与生日这类的重大日子，只让我觉得无趣与失望，战争和那些打仗的白痴，都令我心寒。

“热衷于工作的人，并不代表他懂得生活。”

楚浮是属于“早慧”的那种人，过于早熟也使他的电影总会流露出几许沧桑，但也唯有欧洲社会的多元环境才有机会孕育出后来的楚浮，使他的叛逆从电影中找到出路。如果楚浮生在以升学、学历为导向的台湾社会，后来的发展就令人担心了。

其三，楚浮的时代，正好是第二次世界大战结束后不久，电影虽然热门，也有了广大的市场，但电影导演都还是很单纯的。他们以十分含蓄的方式来表现人间的爱恨情仇，没有血腥的暴力与俗腻的色情，却依然感人至深。可见写情欲的炽热或人性的残忍，并不一定要赤裸裸，有时含蓄的态度正好展现了艺术家的高度呢！

曾几何时，我们如果想找到一部不含暴力与色情的电影，已经变得非常困难了。但电影的艺术成就，是不是就高于从前的大师呢？答案是可疑的。因此，我们格外怀念楚浮，还有那个时代艺术家的存心。

当我们的电影、电视、报章杂志等媒体日益走向色情化、暴力化的同时，整个世界也逐渐陷入暴力的混乱与色情的低俗。这里面媒体扮演了非常关键的角色。作为社会良知的艺术分子有没有觉察呢？

生命短暂，楚楚浮生，在楚浮逝世十周年的今天，我们也时常仰望天空，在蓝天白云中悠游；当我们再度低头平视时，一样是面对糟透的世界。

在糟透、吵透、乱透的世界，艺术创作者的角色更为明晰。是不是能为世间保存一丝清明与希望呢？我这样问着。

人在江湖

做生意的朋友来看我，谈到内心里的许多挣扎，说有时候为了生意，不免要去应酬、喝酒，有时还要对别人设计、扯谎，其实自己的内心里向往着规规矩矩做生意，过单纯的生活，但这样的希望是很不可得的。

他的结论是："人在江湖，身不由己呀！"

朋友走了以后，我想到"人在江湖，身不由己"不只是做生意的人，也是一般人去做那些不随己意的事时，最常用的借口，江湖，真的那么可怕吗？什么是江湖呢？

"江湖"的用语,最早是出自庄子大宗师里"不如相望于江湖"，指的是三江（荆江、松江、浙江）五湖（洞庭湖、太湖、鄱阳湖、青草湖、丹阳湖），后来成为佛教里的常用语，把云游四海的云水僧称为"江湖人"。

那是因为在唐朝的时候，江西有马祖道一禅师，湖南有石头希迁禅师，两位禅师的德声享誉四方，同时大树法幢，当时天下各地的神僧，如果不是到江西去参马祖，就是到湖南去参石头，由于古代的交通不便，光是走到江西、湖南就要一年半载，他们沿路挂单参访，称为“走江湖”。走在江湖上的行者则称为“江湖人”“江湖僧”“江湖众”。

江湖还有别的意思，像禅士如果散居于名山大刹之外，居于江畔湖边自己参究的，也称为“江湖人”。

或者，一般隐士之居，也可以叫“江湖”，如汉书之“甚得江湖间民心”，范仲淹《岳阳楼记》说：“处江湖之远，则忧其君。”

因此，在早期，“江湖”是很好的字眼，它象征着一种自由追求真理的态度；“江湖人”也是很好的字眼，是指那些可以放下一切，去探究生命真相的人。

不知道什么时候开始，在中国民间，“江湖”成为一般通俗的称呼，浪迹于四方谋生活的人，称为“走江湖”或“跑江湖”；阅历丰富的人称为“老江湖”，而以术敛财的人叫“江湖郎中”。这些都还是好的，江湖只是名词而已，到了现在，“江湖”成为“染缸”的同义词，政客在国会打架、骂“三字经”，说：“人在江湖，身不由己。”商人出卖灵魂，重利轻义，说：“人在江湖，身不由己。”黑社会杀人放火，无所不为，说：“人在江湖，身不由己。”

你们的江湖到底是什么样的江湖呢？

人处世间，江湖风险，似乎是不可避免的，但是在同一个江湖里，有人自清自爱，有人随浊随堕，完全是看个人的选择，“身不由己”

只是一个借口罢了！我想起《韩非子》里说："不可陷之盾与无不陷之矛，不可同世而立。"如果心里有清白的向往，而还继续混浊，当然会有矛盾、冲突与挣扎了。

在我们幼年时代，没有自来水，家家户户都在庭前摆水缸，接雨水备用，接来的水要先放一两天澄清，等泥尘沉淀才可使用。有时候孩子顽皮，以手去搅水缸，只要两三下，水就不能用了，要再澄清一两天才可用。

因此，我们很小的时候就知道绝对不要去搅水缸，因为"要使水澄清很难，要一两天；要使水混浊很容易，只要搅一两下"。

身在江湖的人也是一样的，古代的禅师为了发觉内在的澄明的泉源，不惜在江边湖畔苦苦寻索，是看清了"江湖寥落，尔将安归"的困局；现代的人则随着欲望之江陷溺于迷茫之湖，向外永无休止的需索，然后用"身不由己"来作借口。

即使我们真是身在江湖，也要了解江湖真实的涵意，"春风桃李花开日，秋雨梧桐叶落时"，江湖实不可畏，怕的是自己一直把手放在水缸里翻搅。

如果马祖与石头还在，我也真想去走江湖，但是如今最好是安住于自己的心，来让那心水澄清，以便哪一天，可以拿来饮用呀！

飞入芒花

母亲蹲在厨房的大灶旁边，手里拿着柴刀，用力劈砍香蕉树多汁的草茎，然后把剁碎的小茎丢到灶中大锅，与泔水同熬，准备去喂猪。

我从大厅迈过后院，跑进厨房时正看到母亲额上的汗水反射着门口射进的微光，非常明亮。

“妈，给我两角。”我靠在厨房的木板门上说。

“走！走！走！没看到没闲吗？”母亲头也没抬，继续做她的活儿。

“我只要现金角银。”我细声但坚定地说。

“要做什么？”母亲被我这异乎寻常的口气触动，终于看了我一眼。

“我要去买金啖。”金啖是三十年前乡下孩子唯一能吃到的糖，浑圆的坚硬糖球上粘了一些糖粒。一角钱两粒。

"没有钱给你买金啖。"母亲用力地把柴刀剁下去。

"别人都有？为什么我们没有？"我怨愤地说。

"别人是别人，我们是我们，没有就是没有，别人做皇帝，你怎么不去做皇帝！"母亲显然动了肝火，用力地剁香蕉块，柴刀砍在砧板上"咚咚"作响。

"做妈妈是怎么做的？连两角钱买金啖都没有？"

母亲不再作声，继续默默工作。

我那一天是吃了秤锤铁了心，冲口而出："不管，我一定要！"说着就用力踢厨房的门板。

母亲用尽力气，柴刀"咔"的一声站立在砧板上，顺手抄起一根生火的竹管，气极败坏地一言不发，劈头劈脑就打了下来。

我一转身，飞也似的蹦了出去。平常，我们一旦忤逆了母亲，只要一溜烟跑掉，她就不再追究，所以只要母亲一火，我们总是一口气跑出去了。

那一天，母亲大概是气极了，并没有转头继续工作，反而快速地追了出来。我正好奇的时候，发现母亲的速度异乎寻常的快，几乎像一阵风一样，我心里升起一种恐怖的感觉，想到脾气一向很好的母亲这一次大概是真的生气了，万一被抓到一定会被狠狠打一顿。

母亲很少打我们，但只要她动了手，必然会把我们打到讨饶为止。

边跑边想，我立即选择了那条火车路的小径，那是我家附近比较复杂而难走的小路，整条路都是枕木，铁轨还通过旗尾溪，悬空架在上面，我们天天都在这里玩耍，路径熟悉，通常母亲追我们的时候，我们就选这条路跑，母亲往往不会追来，而她也很少把气生到晚上，只要晚一点儿回家，让她担心一下，她气就消了，顶多也只是数落一顿。

那一天真是反常，母亲提着竹管，快步地跨过铁轨的枕木追过来，好像不追到我不肯罢休。我心里虽然害怕，却还是有恃无恐，因为我的身高已经长得快与母亲平行了，她即使尽全力也追不上我，何况是在火车路上。

我边跑还边回头望母亲，母亲脸上的表情是冷漠而坚决的，我们一直维持着二十几公尺的距离。

“哎呦！”我跑过铁桥时，突然听到母亲惨叫一声，一回头，正好看到母亲扑跌在铁轨上面，“噗”的一声，显然跌得不轻。

我的第一个反应，一定很痛！因为铁轨上铺的都是不规则的石子，我们这些小骨头跌倒都痛得半死，何况是妈妈？

我停下来，转身看母亲，她一时爬不起来，用力搓着膝盖，我看到鲜血从她的膝上汩汩流出，鲜红色的，非常鲜明。母亲咬着牙看我。

我不假思索地跑回去，跑到母亲身边，用力扶她站起来，看到她腿上的伤势实在不轻，我跪下去说：“妈，您打我吧！我错了。”

母亲把竹管用力地丢在地上，这时，我才看见她的泪从眼中急速地流出，然后她把我拉起来，用力抱着我，我听到火车从很远的地方开过来。

我用力拥抱着母亲说：“我以后再也不敢了。”

这是我小学二年级时的一幕，每次一想到母亲，那情景就立即回到我的心版，重新显影。我记忆中的母亲，那是她最生气的一次。其实母亲是个很温和的人，她最不同的一点是，她从来不埋怨生活，很可能她心里是埋怨的，但她嘴里从不说出，我这辈子也没听她说过一句粗野的话。

因此，母亲是比较倾向于沉默的，她不像一般乡下的妇人喋喋不休。这可能与她受的教育与个性都有关系。在母亲的那个年代，她算是幸运的，因为受到初中的教育，日据时代的乡间能读到初中已算是知识分子，何况是个女子。在我们那方圆几里内，母亲算是知识丰富的人，而且她写得一手娟秀的字，这一点是小时候引以为傲的。

我的基础教育来自母亲，很小时候她就把《三字经》写在日历纸上让我背诵，并且教我习字。我如今写得一手好字就是受到她的影响，她常说：“别人从你的字里就可以看出你的为人和性格了。”

早期的农村里，一般孩子的教育都落在母亲的身上，因为孩子多，父亲光是养家已经没有余力教育孩子。我们是很幸运的，有一位明理的、有知识的母亲。这一点，我的姐姐体会得更深刻，她考上大学的时候，母亲力排众议对父亲说：“再苦也要让她把大学读完。”在二十年前的乡间，让女孩子去读大学是需要很大的决心与勇气的。

母亲的父亲——我的外祖父——在他居住的乡里是颇受敬重的士绅，日据时代在政府机构任职，又兼营农事，是典型耕读传家的知识分子。他连续拥有了八个男孩，晚年才生下母亲，因此，母亲的童年与少女时代格外受到钟爱，我的八个舅舅时常开玩笑地说：“我们八个兄弟合起来，还比不上你母亲受的宠爱。”

母亲嫁给父亲是“半自由恋爱”，由于祖父有一块田地在外祖父家旁，父亲常到那里去耕作，有时借故到外祖父家歇脚喝水，就与母亲相识，相互间谈几句，生起一些情意，后来祖父央媒人去提亲，外祖父见父亲老实可靠，勤劳能负责任，就答应了。

父亲提起当年为了博取外祖父母和舅舅们的好感，时常挑着两百多公斤的农作物在母亲家前来回走过，才能顺利娶回母亲。

其实，父亲与母亲在身材上不是十分相配的，父亲是身高一米八的巨汉，母亲的身高只有一米五十，相差达三十厘米。我家有一幅他们的结婚照，母亲站着到父亲耳际，大家都觉得奇怪，问起来，才知道宽大的婚纱礼服里放了一个圆凳子。

母亲是嫁到我们家才开始吃苦的，我们家的田原广大，食指浩繁，是当地少数的大家族。母亲嫁给父亲的头几年，大伯父二伯父相继过世，家外的事全由父亲撑持，家内的事则由二伯母和母亲负担，一家三十几口衣食，加上养猪饲鸡，辛苦与忙碌可以想见。

我印象里还有几幕影像鲜明的静照，一幕是母亲以蓝底红花背巾背着我最小的弟弟，用力撑着猪栏要到猪圈里去洗刷猪的粪便。那时母亲连续生了我们六个兄弟姐妹，家事操劳，身体十分瘦弱。我小学一年级，幺弟一岁，我常在母亲身边跟进跟出，那一次见她用力撑着跨过猪圈，我第一次体会到母亲的辛苦而落下泪来，如今那一条蓝底红花背巾的图案还时常浮现出来。

另一幕是，有时候家里缺乏青菜，母亲会牵着我的手，穿过家前的一片芒花，到番薯田里去采番薯叶，有时候到溪畔野地去摘鸟莘菜或芋头的嫩茎。有一次母亲和我穿过芒花的时候，我发现她和新开的芒花一般高。芒花雪样的白，母亲的发墨一般的黑，真是非常的美。那时感觉到能让母亲牵着手，真是天下最幸福的事儿。

还有一幕是，大弟因小儿麻痹死去的时候，我们都忍不住大声哭泣，唯有母亲以双手掩面悲号，我完全看不见她的表情，只见到她的两道眉毛一直在那里抽动。依照习俗，死了孩子的父母在孩子出殡那天，要用拐杖击打棺木，以责备孩子的不孝，但是母亲坚持不用拐杖，她只是扶着弟弟的棺木，默默地流泪，母亲那时的样子，到现在在我心中还鲜明如昔。

还有一幕经常上演的，是父亲到外面去喝酒彻夜未归，如果是夏日的夜晚，母亲就会搬着藤椅坐在晒谷场说故事给我们听，讲虎姑婆，或者孙悟空，讲到孩子都睁不开眼睛而倒在地上睡着。

有一回，她说故事到一半儿，突然叫起来说：“呀！真美。”我们回过头去看，原来是我们家的狗互相追逐跑进前面那一片芒花，栖在芒花里无数的萤火虫哗然飞起，满天星星点点，衬着在月光下波浪一样摇曳的芒花，真是美极了。美得让我们都呆住了。我再回头，看到那时才三十岁的母亲，脸上流露着欣悦的光泽，在星空下，我深深觉得母亲是多么美丽，只有那时母亲的美才配得上满天的萤火。

于是那一夜，我们坐在母亲的身侧，看萤火虫一一地飞入芒花，最后，只剩下一片宁静优雅的芒花轻轻摇动。父亲果然未归，远处的山头晨曦微微升起，萤火虫在芒花中消失。

我和母亲的因缘也不可思议，她生我的那天，父亲急急跑出去请产婆来接生，产婆还没有来的时候我就生出了，是母亲拿起床头的剪刀亲手剪断我的脐带，使我顺利地投生到这个世界。

年幼的时候，我是最令母亲操心的一个，她为我的病弱不知道流了多少泪，在我急病的时候，她抱着我跑十几里路去看医生，是常有的事，尤其在大弟死后，她对我的照顾更是无微不至，我今天能有很棒的身体，是母亲在十几年间仔细调护的结果。

我的母亲是这个世界上无数的平凡人之一，却也是这个世界上无数伟大的母亲之一。她是那样传统，有着强大的韧力与耐力，才能从艰苦的农村生活过来，不丝毫怀忧怨恨，她们那一代的生活目标非常的单纯，只是顾着丈夫、照护儿女，几乎从没有想过自己的存在，在我的记忆中，母亲的忧病都是因我们而起，她的快乐也是因我们而起。

不久前，我回到乡下，看到旧家前的那一片芒花已经完全不见了，盖起一间一间的秀天厝。现在那些芒花呢？仿佛都飞来开在母亲的头上，母亲的头发已经花白了，我想起母亲那年轻时候走过芒花的黑发，不禁百感交集。尤其是父亲过世以后，母亲显得更孤单了，头发也更白了，这些，都是她把半生的青春拿来抚育我们的代价。

童年时代，陪伴母亲看萤火虫飞入芒花的星星点点，在时空无常的流变里也不再有了，只有当我望见母亲的白发时才想起这些，想起萤火虫如何从芒花中哗然飞起，想起母亲脸上突然绽放的光泽，想起在这广大的人间，我唯一的母亲。

无常两则

我们认识的第一个秋天

我们认识的第一个秋天，确是在这里，我在巷子里走了很久才认出来。

我们曾坐在一起看云的阶梯，现在已经完全崩坏了，只剩下一些石块儿的残迹。

我们曾站着彻夜谈天的那一棵凤凰木，有半边儿的枝丫被雷劈断了，另一边儿零落地开着花。

我们曾无数次在黄昏走过的草地，现在是一排灰色的公寓，上面装满了锈去的铁窗，以及努力从铁窗探头的盆栽植物。

我们曾在湖边谈诗的榕树不见了，湖已完全填平，现在是一个养鸡场。

这些都不是我认出这个地方的理由，我认出这个地方是因为偶然走过，而又有一些当年秋天的心情。还有那一年刚种上去的相思树，现在开满鹅黄色的小花，那相思树虽长大开花，树形一点儿也没有改变。

站在相思树前，我的心情和那绒绒的黄花一样茫然，我的思绪被这种茫然一把抓住，使我对自己、对青春的岁月感到非常陌生，不敢确定我是不是真的认识过自己或认识过你，那种感觉，仿佛有一条蛇从心头轻轻地滑过去。

我们认识的第一个秋天，竟是在这里吗？

离去的小路

这竟是当年你离去的那一条小路吗？阶梯上的榕树还是原来的样子（似乎又老了一些），路旁的金急雨花仍然盛开（仿佛没有从前那么艳黄），巷子口的路灯也在原来的位置（如若缺乏昔日的光明），你家的窗口还是有我熟悉的灯光（但是窗帘好像换过了）。

这竟是当年你离去的那一条小路吗？你说过你不是轻易道别的人（你的话总像春天的风吹过），你说过你愿意一生只爱一次（你的誓言有如夏日午后的西北雨），你常常用泪来印证某些情爱的不朽（你的泪轻忽得似秋日流过的浮云），你说天下总会有一种永恒的情意（你这样说时，就像很冷很冷的冬天清晨我们口中所呼出的雾气）。

这竟是当年你离去的那一条小路吗？我试着用年轻时欢跃的碎

步来走（但我已胖了），我试着以深深的呼吸来探触（但空气污染了），我试着想象你的唇、你的表情、你的气息、你的五官（但真像电影的柔焦镜头，带着模糊的一种忧郁）。

这竟是我看着你离去的小路吗？我看到红砖已全部换新了，路竟像自己走了起来，我站着，让路带着我，然后我们高高地飞起。

在空中我看见年轻的自己正在路上，身影极小，吹着口哨，哨音里有忧伤凄楚的调子。

无风絮自飞

在我们家乡有一句话，叫“菜瓜藤，肉豆须，分不清”，意思是丝瓜的藤蔓与肉豆的茎须一旦纠缠在一起，是无法分辨的。因此，像兄弟分家产的时候，夫妻离婚的时候，有许多细节部分是无法处理的，老一辈的人就会说：“菜瓜藤与肉豆须，分不清呀！”还有，当一个人有很多亲戚朋友、社会关系异常复杂的时候，也可以用这一句。以及一个人在过程中纠缠不清，甚至看不清结局之际，也可以用这一句来形容。

住在都市的人很难理解到这九个字的奥妙，因为他们没有机会看到丝瓜与肉豆藤须缠绵的样子。乡下人谈到人事难以理清的真实情境，一提到这句话都会禁不住莞尔，因为丝瓜与肉豆在乡间是最平凡的植物，几乎家家都有种植。我幼年时代，院子的棚架下就种了许多丝瓜和肉豆，看到它们纠结错综，常常会令我惊异，真的是肉眼难辨。现在回想起来，感觉到现代人复杂难以理清的人际关系，确实像这两种植物藤蔓的纠缠，想找到丝瓜与肉豆的根与果是不难的，但要在生长的过程中分辨就非常困难了。

有一次我发了笨心，想要彻底地分辨两者的不同，却把丝瓜和肉豆的茎叶都扯断了。父亲看见了觉得很好笑，就对我说：“即使你能分辨这两株植物又有什么意义呢？你只要在它们的根部浇水施肥，好好地照顾让它们长大，等到丝瓜和肉豆长出来，摘下来吃就好了，丝瓜和肉豆都是种来食用的，不是种来分辨的呀！”

父亲的话给我很好的启示，在人生一切关系的对应上也是如此。一个人只要站稳脚跟，努力地向上生长，有时不免和别人纠缠，又有什么要紧呢？不失却自己的立场与尊严，最后就会结出果实来，当果实结成的时候，一切的纠缠就不重要了。

另外一个启示就是自然，万事万物都有其自然的法则，依循这自然的发展，常常回头看看自己的脚跟，才是生命成长正常的态度。种什么样的因会结出什么样的果，是必然的，丝瓜虽与肉豆无法分辨，但丝瓜是丝瓜，肉豆是肉豆，这是永远不会变的，我们能做的就是让丝瓜长出好的丝瓜，让肉豆结出肥硕的肉豆！

丝瓜是依自然之序而生长结果，红花是这样红的，绿叶也是这样绿的，没有人能断绝自然而超越地活在世界，此所以禅师说：“不雨花犹落，无风絮自飞。”花与絮的飞落不必因为风雨，而是它已进入了生命的时序。

日本的道元禅师到中国习禅归国后，许多人问他学到了什么，他说：“我已真正领悟到眼睛是横着长、鼻子是竖着长的道理，所以我空着手回来。”听到的人无不大笑，但是立刻他们的笑声都冻结了，因为他们之中没有人知道为何鼻子直着长而眼睛横着长，这使我们知道，禅心就是自然之心，没有经过人生庄严的历练，是无法领会其中真谛的呀！

时代已经变成这样

忠孝东路像得了慢性病一样堵车，使我们坐的出租车陷在车阵里动弹不得，幸好我们正跟在一部广告车后面，广告车以超大的荧光幕播放着正在上档的新片，在夜暗之中，影像的品质出奇好，我喃喃地说："没想到时代已经变成这样。"

与我同年代的出租车司机立刻应声说："是呀！我们小时候如果有人告诉我们，一部车子整个都是银幕，边走边放电影，我们说什么也不能相信；如果说有人住在十几层高楼，我们也不能相信；如果说可以带电话满街跑，也没有人会相信；如果说把写满字的纸塞进一个机器，美国的朋友立刻可以收到写着同样的字的纸，谁会相信呢？"

有人说台北的出租车司机都是演说家，我担心又碰到一位了，因为有时候遇到喜欢演说的出租车司机还真叫人头痛，真的。如果二十年前有人告诉我们台北的出租车司机都喜欢演说，喜欢谈社会、政治、房地产和股票，谁会相信呢？现在不用别人告诉，我们早就确信了。

"爸爸，那你们小时候演电影，是怎么做广告的？"小学四年级的儿子打断司机的演说，开口问我道。

在很久很久以前(好奇怪，为什么有趣的故事都发生在很久很久以前呢)，社会上是没有广告的。

那时候在我的家乡有两家戏院，每次有电影上演，就会有一个脸上涂满油漆的人，身上挂满广告牌，敲锣游街。小孩子就会跑出来围着他、跟着他，就如同节庆一样，然后他会用扩音喇叭朗诵诗歌似的背诵着新上档的电影的精彩内容。

我到现在还记得那个人每次开头总是说："人多话就多，三色人讲五色话，也有人说爱吃苦瓜，也有人说爱吃西瓜，也有人说爱看查某婴仔摇屁股花。今呀日，我们来看这出好看的电影……"

后来，行走敲锣的人变成了广播车，扩音喇叭又加了扩音器，从早到晚在城乡之间梭巡。这种广播车到处梭巡，放出特大号噪声的情景，除了电影新上档的时候之外，要在选举时才会出现。因此，一直到现在，每次选举的车在街上一跑，都给我要演新档电影的错觉，总使我感觉政治人物渴望上舞台，正如演员等着粉墨登场一样。

电影的广告日新月异，可惜电影却没落了。故乡的几家戏院苦苦撑持了一段时间，并且偶尔加演牛肉场和脱衣舞，但还是被群众遗弃了。

打从读高中那年开始，要看电影必须坐一个多小时的车到高雄去。每次去看电影，我都觉得心中一片温暖，生命的想象空间仿佛也变大了。对于生长在保守的乡间的少年，生命的想象空间何其重要，因为世界也随之广阔了。

电影的广告，是我在人间最早接触到的广告。那么质朴有生命力的广告，使我觉得一切广告乃是本质的延伸，如果没有本质，根本就不值得做广告了。

但是，时代已经变成这样，广告凌驾于本质之上了，一份报纸的广告比新闻多得多，一份杂志撕掉了广告页，就薄得像传单。

时代已经变成这样，商店的招牌比店面还大，一份十元的报纸有一亿六千万元的赠奖。

时代已经变成这样，背着一大堆债务的人，却使用黄金印制的名片，穿三宅一生[①] 设计的服装，开法拉利的跑车。

时代已经变成这样，商人想做政客，政客在当演员，演员向往权势。

时代已经变成这样，有一种汽车广告说——一个人下午三点半还在台北市区，下午四点要搭飞机去马来西亚，只要坐那种汽车就来得及。

时代已经变成这样，有一个房屋广告说它的房屋在 SOGO 生

---

① 三宅一生：日本著名服装设计师。

活圈儿，而地图标示的工地却是在内湖大直交界的荒山郊野。

时代已经变成这样，不会唱歌的偶像被包装成很会唱歌的样子；只会吹牛的影星被包装成不世出的才子；作家把裸照登在书的封面上，强调自己不仅会写字，还是一个英俊或美艳的人。

时代已经变成这样了呀！真实的本质还会有人认识和在乎吗？除了表面功夫，谁愿意给我们最好的醍醐呢？

车行到了基隆路，道路突然通畅了。电影广告车突然回转，又挤进塞车阵里去了，我们的车加速通过了。广告原来是要在人群里拥挤碰撞的，而真实的人生，需要的是更流畅的空间，需要更深入本质，在本质上大口呼吸，有生命的想象空间。

心田上的百合花

在一个偏僻遥远的山谷里，有一个高达数千尺的断崖。不知道什么时候，断崖边上长出了一株小小的百合。

百合刚刚诞生的时候，长得和杂草一模一样。但是，它心里知道自己不是一株野草。它的内心深处，有一个内在的纯洁的念头：我是一株百合，不是一株野草。唯一能证明我是百合的办法，就是开出美丽的花朵。有了这个念头，百合努力地吸收水分和阳光，深深地扎根，直直地挺着胸膛。

终于在一个春天的早晨，百合的顶部结出了第一个花苞。百合的心里很高兴，附近的杂草却很不屑，它们在私底下嘲笑着百合："这家伙明明是一株草，偏偏说自己是一株花，还真以为自己是一株花，我看它顶上结的不是花苞，而是头脑长瘤了。"公开场合，它们则讥讽百合："你不要做梦了，即使你真的会开花，在这荒郊野外，你的价值还不是跟我们一样？"

偶尔也有飞过的蜂蝶鸟雀，它们也会劝百合不用那么努力开花："在这断崖边上，纵然开出世界上最美的花，也不会有人来欣赏呀！"

百合说:“我要开花，是因为我知道自己有美丽的花;我要开花，是为了完成作为一株花的庄严使命；我要开花，是由于自己喜欢以花来证明自己的存在。不管有没有人欣赏，不管你们怎么看我，我都要开花！”

在野草和蜂蝶的鄙夷下，野百合努力地释放内心的能量。有一天，它终于开花了，它那灵性的洁白和秀挺的风姿，成为断崖上最美丽的颜色。这时候，野草与蜂蝶再也不敢嘲笑它了。

百合花一朵一朵地盛开着，花朵上每天都有晶莹的水珠，野草们以为那是昨夜的露水，只有百合自己知道，那是极深沉的欢喜所结的泪滴。

年年春天，野百合努力地开花、结籽。它的种子随着风落在山谷、草原和悬崖边上，到处都开满洁白的野百合。

几十年后，远在千百里外的人，从城市、从乡村，千里迢迢赶来欣赏百合开花。许多孩童跪下来，闻嗅百合花的芬芳;许多情侣互相拥抱，许下了“百年好合”的誓言;无数的人看到这从未见过的美，感动得落泪，触动内心那纯净温柔的一角。

那里，被人称为“百合谷地”。

不管别人怎么欣赏,满山的百合花都谨记着第一株百合的留言:“我们要全心全意默默地开花，以花来证明自己的存在。”

一粒沙，或一条河岸

当我在澄思静虑的时候，有时自己陷入一种两难的情况。

这种情况常常发生在看到别人受苦而找不到出路，看到善良的人在苦难里挣扎不能解脱的时候——看别人痛苦以致感同身受的锥刺是一种难以言诠的经验。

我因此常在内心呐喊：难道这是宿命的吗？难道不可改变吗？难道是不得不偿还的业吗？

想到众生的心灵不能安稳，有时惊心到被窗外温柔的月光吵醒，然后我就会在寒夜的冷风中独坐，再也无法安睡。有时我甚至一个人跑到山上，对着萧萧的草木大吼大叫，来泄去心中看到善良的人受苦而生起的悲愤。有时我会在草原上拼命奔跑，跑到力尽颓倒在地上，然后仰望苍空，无声地喘息："天呀，天呀！"悲唤起来。

没有人知道我的这种挣扎与忧伤，对众生受困于业报的实情，有时令我流泪，甚至颤抖，全身发冷，身毛皆竖。

幸好，这样的颤抖很快就能平息，在平复的那一刻就使我看见自己是多么脆弱，多么容易受到打击，我应该更坚强一些、更广大一些，不要那样忧伤与沉痛才好。可是也就在那一刻，我会更深地思索“业”的问题，众生的业难道一定要如此悲惨地来受报吗？当见到众生饱受折磨时，究竟有谁可以为他们承担呢？

龙树菩萨的“中观”告诉我们，业好比一粒种子，里面有一种永不失去、永不败坏的东西，这就好像生命的契约，这契约则是一种债务，人纵使可以不断地借贷来用，但是因为契约，他迟早总要去偿还他的债务。业的种子是如此的牢不可破，业如果可破，果报就不成立了，业的法则适用于善业与恶业，永不失去。

在原始佛教里，业力因果是那样坚强，整个人生就由一张业网所编织而成，即使死亡，业网也还在下一世呼吸的那一刻等待我们。

这种观点有时使我非常悲观，如果因果业报是“骨肉至亲，不能代受”，那么我们的自修自净有何意义呢？

我的悲观常常只有禅学可以解救，禅告诉我们，并没有人束缚我们、没有人污染我们，在自性的光明里业是了不可得的。人人都有光明自性，则人人的业也都可以了不可得。但是，这不是充满了矛盾吗？

我们的人生渺小如一粒沙子，每一粒沙子都是独立存在，与别的沙子无关，那么，我只能清洗自己的沙子，有什么能力清洗别人的沙子呢？即使是最邻近的一粒沙，清洗似乎也是不可能的。

当我看到新闻，有人杀人了，那两个人之间真的是从前的旧债吗？这样，不就使我们失去对被杀者的悲悯，失去对杀人者的斥责吗？不应该这样的呀！每一次的恶事不应该只由当事者负责，整个社会都应有相关的承担，这样真实的正义才能抬头，全体的道德才有落脚之处。

西方净土之所以没有恶事，并非在那里的人都是完全清净才往生的！而是那里有完全清净的环境，不论什么众生去往生，也都可以纯净起来。

我觉得，这世界所有的一切恶事，都不应该由当事人承受，这世界一切众生之苦也不可以是从前造罪而活该当受的。修行的人不应该有“活该”的思想，也不应该有一丝丝“活该”的念头。

世界的人都在受报，但不应该人人都是“活该”！

因此，我虽无法解开那张业网，让我做其中的一条丝线，让我做其中的经纬。

人生若还有罪业，我就难以自净，众生若不能安稳，我就永远不可能安稳！

大乘佛教对业报的看法总在最悲观时抚慰我，我虽渺小，但宇宙之网是由我为中心向时空开展，要以自净来净化整个宇宙的罪业，用这微弱的双肩来承担世界污秽的责任。业绝不是单一的自我，而是世界的整体。我的不能安稳，我的沉痛，乃至我鲜为人知的颤抖，不也是一种自然的呈现吗？正因我不是焦芽败种，我才有那样热切滚烫的感受吧！我只是一粒沙，这是生命里无可奈何的困局，但是我多么希望，我每次看到生命的苦楚，都看到一整条河岸，而不只看见受难的那一粒沙。这样想时，我总是渴切地祈祷：佛、菩萨、龙天护法，请悲悯这个世界！请护念这个世界！请嘱咐这个世界！请使这世界成为清净的国土！

云散

我喜欢胡适的一首白话诗《八月四夜》:

我指望一夜的大雨，
把天上的星和月都遮了。
我指望今夜喝得烂醉，
把记忆和相思都灭了。
人都静了，
夜已深了，
云也散干净了，
仍旧是凄清的明月照我归去，
我的酒又早已全醒了。
酒已都醒，
如何消夜永?

这首《八月四夜》是根据周邦彦的一阕词《关河令》改写成的，《关河令》的原文是：

秋阴时晴渐向暝，变一庭凄冷。伫听寒声，云深无雁影。
更深人去寂静，但照壁孤灯相映。酒已都醒，如何消夜永?

胡适的诗一点儿也不比周邦彦的原词逊色。我从前喜欢这首诗，是欢喜诗中的孤单和寂寞的味道，尤其是在烂醉之后醒来，不知道如何度过凄清得好像永无尽头的寒夜时。我在少年时代，有很多次的心境都接近了这首诗的情景。

这使我想起，孤单和寂寞虽也有它极美的一面，但究竟不是幸福的。只是有时我们细细想来，幸福里如果没有孤单和寂寞的时刻，幸福依然是不圆满的。

最好的是，在孤单与寂寞的时候，自己也能品味出那清醒明净的滋味，有时能有一些些记忆和相思牵系，才是最幸福的事。

清晨滚着金边的红云，是美的。

午后飘过慵懒的白云，是美的。

黄昏燃烧炽烈的晚霞，是美的。

有时散得干净的天空，也是美的。

那密密层层包裹着青天的乌云，使我们带着冷冽的醒觉，何尝不美呢？

当一个人走过了辉煌的少年时代，也许就开始在孤单与寂寞的煎熬中过日子；当一个人失去了情爱与生命的理想，可能就会在无奈的孤独中忍受一生；当一个人不能体会到独处的丰富与幸福时，他的生命之火就开始黯然褪色……

凄清的明月是不是美丽的明月那同一个明月呢？当我们从生命的烂醉醒来的时候，保持明净的心灵世界，让我们也欢喜独处时的寂寞吧！因为要做一个自足的人，就是每一时每一刻都能看清云彩从心窗飘过的姿势。在云也散干净的时候，还能在永夜中保持愉悦清明，那么，即使记忆与相思不灭，我们也能自在坦然地走下去。

八风吹不动

七月十六日有一则来自美联社西班牙巴塞罗纳的电讯，报道了超现实主义大师达利的消息，达利告诉去采访他的记者说，他将永远不会离开人世，因为他是个天才。达利现年八十二岁，他因轻微的心脏病发作，十三日被送进医院进行紧急手术，安装了一枚心脏节律器。

他离开医院时，在门口对记者说："由于我是个天才，我没有死亡的权利。我将永远不会离开人世,因为我希望为我们的国王(卡洛斯)、为西班牙及为加泰隆尼亚而活。"

达利的人和他的画一向都被热烈地争论，他特立独行、时出奇招，经常都是传播媒体乐于报道的新闻。而在本世纪，他人还活着，艺术已经受到全世界的肯定，是在毕加索、米罗死后，少数现代艺术的世界级大师。

尽管达利的艺术疯狂而诡秘，超越了现实的想象世界，可是当他大发豪语说出"由于我是个天才，我没有死亡的权利"的时候，我们并不能感受到他的豪迈，反而觉得一种无奈的凉意。那是因为在人类的历史中，曾经有过无数的天才，可是从来没有一个人不离开人世，看清了这一点，我们对达利最后的呼喊就益发触动了一些惆怅。

不要说死亡了，几年前世界重量级的拳王阿里，在他最强壮最巅峰的时候，曾经在拳击台上高呼："我是永远的拳王，不可能被击败！"可是他在最后的几场拳击赛中却一再地被击倒，我们看他在拳击台上步履蹒跚、肌肉松弛、努力挥动拳头的时候，不禁对这位曾不可一世的拳王感到同情，使我们认清了一项事实：世界上没有永远不被击倒的人，即使是世界拳王也不例外。

达利和阿里并不是被对手击倒的，而是被时间打败，他们在岁月里老去，而且不只老去，他们还曾和所有这世界上平凡或不平凡的人一样，最后都将投入疾病与死亡的怀抱。

对于像达利和阿里，在人生里曾经有过事功、被世人所尊崇的人物，他们往往难以面对老化与死亡的事实，他们最后的叫唤并不能拉住时间的脚步，只是说明了一句话："我不甘心！"我们的一位前辈艺术家席德进，在死前最后一刻，曾大声说出来的一句话正是"我不甘心！"

不要阎王爷知道我

达利接受访问的第二天，中国摄影家郎静山度过了他的九十五岁生日。

摄影大师生性淡泊，从来不声张他的生日，也很少过生日，他在接受记者访问时幽默地说:“避免过生日，是不要阎王爷知道我。”

郎大师生于清光绪十八年（公元一八九二年），农历闰六月十二日，他之所以婉拒大家给他过生日的理由，是他认为闰月才是他的生日。在他九十五年的岁月里，只遇到六次闰六月，第六个闰月是他八十八岁那年。

当有人告诉他，明年有闰六月时，他非常惊讶地说:“我记得要到我很老的时候才会再出现一次闰六月。”

我们从郎静山大师幽默的谈话里，可以看到他仍然保有赤子纯真的心情，他对自己的老有一种坦然自在的态度。

我曾经几次访问过郎静山先生，颇能感受到他宁静淡泊的心怀与人生态度，他清心寡欲、生活简朴，对待年轻人非常诚恳谦虚，时常让人忘记他是九十多岁的老人。有时候在西门町路边的橱窗遇见他，他总是一袭长袍，满头白发，仙风飘飘，步履稳健，耳聪目明，他虽出生于前清年代，健康却不输给一般的青年。

郎先生除了担任了五十年“中国摄影学会”理事长外，现在还在台北市政府公务人员训练中心教摄影和保健，他的保健秘方归纳起来十分简单，就是“生活简朴，清心自在”。

这几十年来，郎先生总是穿长袍，样式从来没有变过，颜色只有黑、灰、蓝三色，他从来不介意外在形象，时日一久，他反而创造了一个鲜明的形象，并且成为摄影人士的精神标杆。

不久前，一家彩色软片公司以郎静山做广告，却没有汇钱给郎先生，摄影界的后辈都为他愤愤不平，但郎先生只是一笑置之，由此可见他的修养以及对名利的态度。

群山间最近的道路

比较起来，超现实主义艺术大师达利，年纪比郎大师小，可是当达利说："我永远不会离开人世，因为我是个天才。"而郎静山不过生日是因为："避免过生日，是不要阎王爷知道我。"相形之下，郎大师就比达利有智慧得多，这种智慧是来自于他知道人必有老，人必有死，而能坦然处之，不卑不亢，令人击掌。

知道人生老死之必然，是中国哲学里非常自然的一部分，虽说人在面对时不免挣扎抗拒，心有不甘，但只要知道了自然的兴谢，草木的荣枯，把人生当成自然的一部分，就比较能够切进生命历程的核心。

那些摆出强人姿态，鄙视老去与死亡的人，无法脱开老与死的捕捉，而那些坦然面对人生兴谢的道路的人，也同样地要走进枯萎的怀抱，这是人生里无可奈何的真实。正像哲学家尼采说的："群山之间最近的路是从山巅到山巅，但你必须有足够长的腿。"这实在是个悲剧的预示——没有人有那样长的腿。

写到这里，突然听到新闻广播，报道郎静山先生往南横公路拍照的回程中，在利稻附近，座车翻落五百多米的深谷，随行的四人中三死一伤，而郎先生在五十米高的山腰上被甩出车外，仅受轻伤，距离他过完九十五岁生日仅有十天的时间。陪他前往而死亡的摄影家都犹在壮年，使我们感到哀伤，却也同时看到了无常的例证。

郎先生不只是命大，简直是个奇迹，可见他的福报很大。比较起来，有许多年轻人，当劝他们要多做智慧的探索、心灵的思考时，他们常说："还早哩！等我年纪大了，比较清闲时再说吧！"很少人想到，即使在这个世界上，仍有许许多多青年竟活不到老的，或者他们知道许多人活不到老，但万万想不到那活不到老的正是自己。

我想到两句诗："莫道老来方学道，孤坟都是少年人。"还有两句是："孤坟都是猛士，荒冢多少豪杰。"

人生说长道短，短的有活不过一时的，长的也难过百岁，从这一个限制来看人生的道路，就可以看到佛教经典在这基础上看清了人生的真相，老病缠身，失所流离，怀爱死别则是这真相里最让人叹息的。

八风吹不动与三法印

佛教里说人生最基本的八苦是生、老、病、死、爱别离、怨憎会、求不得、烦恼炽盛。这八苦中，其他六苦都是因人而异，有轻重之别，唯有老、死两样是绝对的、相同的、没有差别的。

老死虽是绝对的，但有八种东西曾加速它的来到，在经典里称为“八风”。《增阿含经》就说:“有世八法，随世回转。何云为八?一者利。二者衰。三者毁。四者誉。五者称。六者讥。七者苦。八者乐。”

为什么叫八风呢?

因为这八种都是煽动人心的原动力，由于这种煽动，加速了人生的燃烧，人就随这种燃烧逐渐被焚掉了岁月，烧光了寿命。可是使我们快速老化的不仅是痛苦的事，连利益、称誉、快乐都是使我们燃烧的原能力。

此所以古来的修行人，他们最根本的基础是“八风吹不动”，这也是最基本的定境。八风吹不动，并不表示就不会老，不会死，而是能使生命的风不要吹得太快、太激烈，不加速运转的速度罢了。

这正是《蓱沙王五愿经》说的:“志在淫佚,故不得脱。志在怒,故不得脱。志在愚痴，故不得脱。道人知是者，因弃淫佚之以为，弃嗔怒之心，弃愚痴之心，拔恩爱之本，断其枝条，截其根茎，不复生兹，是名无为。”——把八风的枝条与根茎都拔除了，不再被它煽动，是解脱人生之苦的根本道路。

说到“八风不动”，禅宗里有一个有趣的故事，也是大家都知道的故事:

苏东坡与佛印和尚是好朋友,有一天他写了一副对联,上书“八风吹不动，端坐紫金莲”两句，请部属送给佛印看。佛印看了微笑，在上面批了一个“屁”字，请人送回给苏东坡。

东坡看了这个“屁”字，怒不可抑，亲自坐船过江，要到金山寺去找佛印和尚算账，赶到金山寺时，只见寺门上贴了一副对联：“八风吹不动，一屁打过江。”东坡看了哑然失笑，才知道自己上了佛印的当。

这虽是个笑话，但深入想一想，我们在人生里不也是每天被一些无关紧要的屁事吹得东倒西歪吗？有许多人被无常的风吹得步履蹒跚，还自以为是端坐紫金莲哩！

老是无常、死是无常，这是再高的修行者也不能避免的，是佛陀最初说法“三法印”的一部分。

三法印是“诸行无常，诸法无我，涅槃寂静”，法印是佛法的定义，也是用这三个定义可以区别佛法与外道的不同，用这三个法印来衡量一切诸法，如果有一个法自称是永恒不变的（例如信我者永生），是唯我独尊的（例如天地为我所创造），是可以得到人间一切荣华的（例如求财得财），那么这不是正法，而是外道。

一般说三法印，都是把三者分开来做印证，但我有一个不同的解释，是连贯来看的，就是当一个人明白了一切法为无常的真谛，他才有可能打破一切对自我的执着，而唯有打破我执到了无我的境界，才有可能进入寂静明澈的涅槃净境。

珍惜剩下的岁月

既然知道年华老的悲哀，又知道了死亡随时在门口蹲踞，有许多人都会想："管他的，二十年后又是一条好汉！"那是因为大家都相信在轮回与转世里，今生未完成的志业都可以在下辈子完成。

但是老与死最可怕的真相是：一切并不像我们所想的那样如意。因为即使是投生为人，也不是一件容易的事。

佛陀曾在《杂阿含经》里说过一个故事。

佛陀对弟子说："譬如大地，悉成大海。有一盲龟，寿无量劫，百年一出其头。海中有浮木，止有一孔，漂流海浪，随风东西。盲龟百年，一出其头，当得遇此孔不？"

阿难对佛陀说："不能，世尊！所以者何？此盲龟若至海东，浮木随风，或至海西。南北四维，围绕变尔，不必相得。"

佛陀于是对弟子说："盲龟浮木，虽复差违，或复相得。愚痴凡夫，漂流五趣，暂复人身，甚难于彼。所以者何？彼诸众生，不行其义，不行法，不行善，不行真实，辗转杀害，强者凌弱，造无量恶故。"

这段经文，简单地说，是大海里有一只瞎眼的乌龟，它一百年才浮上海面一次，而海面上有一块漂浮的木头，上面有一个洞，那瞎眼乌龟每百年伸头一次，把头伸进浮木的洞里，有没有可能？而众生要转生为人的可能性比那盲龟浮木还要困难得多呀！

我们今天有如此难胜的因缘，以人身诞生在这个世界上，知道再来的时候是如此不易，那么如何珍惜剩下的岁月，实在是人生中最重要的课题。珍惜岁月唯一的道路，在《增阿含经》中，阿难曾说过一首诗，值得我们记而诵之：

诸恶莫作，
众善奉行。
自净其意，
是诸佛教。

○

伍

心美，一切皆美

卷帘

有一次我买回一卷印刷的《长江万里图》长卷，它小得不能再小，比一支狼毫小楷还短，比一碇漱金好墨还细，可以用一只手盈握，甚至可以把它放在牛仔裤的口袋里，走着也感觉不到它的重量。

中夜时分，我把那小小的图卷打开，一条万里长江倾泻而出，往东浩浩流去，仿佛没有尽头。里面有江水、有人家、有花树、有亭台楼阁，全是那样浩大，人走在其中，还比不上长江里一粒小小的泡沫。

那长江，在图里面是细小精致的，但在想象中却巨大无比。那长江，流过了多少世代、多少里程，流过多少旅人的欢欣与哀愁呢？想到长江的时候，我的心情不是一定要拥有长江，也不是要真的穿过三峡与赤壁，只要用那样小而精致的一卷图册来包容心情，也就够了。

读倦的时候，把《长江万里图》双手卷起，放在书桌上的笔筒里，长江的美就好像全收在竹做的笔筒里。即使我的心情还在前一刻的长江中奔流，也不免想到长江只是一握，乡愁，有时也是那样一握，情爱与生命的过往也是如此。它摊开来长到无边无际，卷起时盈盈一握，再复杂的心情，刹那间凝结成一粒透明的金刚钻，四面放光。

那种感觉真是美，好像是钓鱼的人意不在鱼，而在万顷波涛，唐朝船子和尚的《颂钓者》诗写过这种心情：

千尺丝纶直下垂，一波才动万波随。
夜静水寒鱼不食，满船空载月明归。

钓鱼的人意不在鱼，看图的人神不限于图，独坐的人趣不拘于独坐，正足以一波动万波，达到更高的境界。

同样的，读屈原《离骚》，清朝诗人吴藻读出“一卷离骚一卷经，十年心事十年灯”；同样看芦苇，王国维看出“人生只似风前絮，欢也零星，悲也零星，都作连江点点萍”；同样咏水仙，黄庭坚诵出“坐对真成被花恼，出门一笑大江横”；同样是夜眠有梦，欧阳修梦到“夜凉吹笛千山月，路暗迷人百种花。棋罢不知人换世，酒阑无奈客思家”……同样是面对小小的景物，人往往能超想于物外，不为景物所限。

这种卷帘望窗的心情几乎是无以形容的，像是“平芜尽处是春山，行人更在春山外”“佳句奚囊盛不住，满山风雨送人看”。秦观的几句词说得最好：“无端天与娉婷，夜月一帘幽梦，春风十里柔情。”

帘与窗是不同的，正如卷起来的图画与装了画框的画不同。因为帘不管是卷起或放下，它总与外界的想象世界互通着呼吸，有时在黑夜不能视物时，还能感受到微风轻轻地触肤，夜之凉意也透过帘的空隙在周边围绕。因为卷起来的画不像画框一览无遗，它里面有惊喜与感叹，打开的时候，想象可以驰骋，卷收的时候仿佛在自己掌中拥有了无限的空间。

我从小就特别能感知那种卷藏的魅力，每当看到长辈收藏中国书画，总是希望能探知究竟。每天我最喜欢的时刻，就是清晨母亲来把我们窗口的帘子卷起，阳光就像约定好的，在刹那间扑满整个房间，即使我们的屋子非常简陋，那一刻也能感觉到充分的光明与温暖。

父亲有一幅达摩一苇渡江的图画，画上没有署名，只是普通民间艺匠的作品，却也能感觉到江面在无限延伸。达摩须发飞扬地站在一株细瘦几不可辨的苇草上，江水滔滔，达摩不动如山，两只巨眼凝视着东方湛然的海天，他的衣袂飘然若一片水叶，他的身姿又稳然如一座大山。

父亲极宝爱那幅画，平时挂在佛堂的右侧，像神一样地看待它。佛堂是庄严神圣之地，我们只能远远看着达摩，不敢乱动。十六岁时我们搬家，父亲把达摩卷成一卷，交给我带到新家。

把达摩画像夹在腋下，在田埂上走的时候，我好像可以在肌肤上感觉达摩的须发、巨眼和滚动的江水，顿时心中涌上一片温热，仿佛那田埂是一苇，两边随风舞动的稻子是江浪渺渺，整个人都飘飘然起来。

当时的达摩已经不是佛堂里神圣不可冒犯的神，而是和凡人一样有脉搏的跳动，令我感动不已。听说达摩祖师的东来之意，是要寻找一个“不受人惑”的人，“不受人惑”的理想标杆，原本像一苇那么细弱，但把达摩收卷在腋下时，我觉得再细弱的苇草，也可以度人走过汩汩流波，“不受人惑”也就变得坚强，是凡人可以触及的。

我把达摩挂在新家的佛堂中时，画幅由上往下展开，江水倾泻，达摩的巨眼在摊开的墙壁上有如电光激射，是我以前没能感受到的。如今一收一放，感觉之不同竟至于斯，达到不可想象的境界。

在我们故乡附近，有一座客家村，村里千百年来流传着一项风俗，就是新婚夫妻的新房门前一定要挂一幅细竹编成的竹门帘；站在远处看三合院，如果是竹门帘，真像是挂在客厅里的中堂。它不像一般门帘是两边对分，而是上下卷起，富有古趣，想来是客家的古制之一。

送给新婚夫妻的门帘上，有时绘着两枝花朵，鲜艳欲滴地纠缠在一起；有时绘着一双龙凤，腾空飞翔互相温柔地对看；最普遍的是绘两只鸳鸯，悠然地、不知前方风雨地从荷塘上相依飘过。

客家竹门帘的风俗，不知因何而起，不知传世多久，但它总给我一种遗世之美。每当我们送进一对新人、放下门帘的时候，两只彩色斑斓的鸳鸯活了起来，在荷塘微风的扬动中，游过来，又追逐过去。纵令天色已暗，它们也无视外面忽明忽灭的星光。

新婚时的竹门帘，让人想到情感再饱受折磨，也有永世的期待。

后来我常爱到客家村，有时不为什么，只为了在微风初起的黄昏去散步时，看看每家的竹门帘。偶尔看到人家门口多添了一张新门帘，就知道有一对新夫妻正为未来的幸福做新的笺注和眉批。但是大部分人家的竹门帘都在岁月的涤洗中褪色了，有的甚至破烂不堪，卷起时零零落落，随时像要支离。仔细一看，纠缠的花折断了，龙凤分飞了，鸳鸯有的折伴有的失侣，有的苍然浑噩至不能辨视它旧日的模样。

原来，大部分夫妻婚后就一直挂着新婚的门帘，数十年不曾更换，时间一久，竟失了形状、褪了色泽。我触摸着一只断足的鸳鸯，心中感怀无限：不知道那些老夫妇掀开门帘、走进他们那不再鲜丽的门帘时，是一种什么心情。我知道的是，人世的情爱，少有能永远如新地穿过岁月的河流，往往是岁月走过，情爱也在其中流远，远到不能记忆青衫，远到静海无波。而情爱与岁月共同前行的步迹，正在竹门帘上显现出来。

有时候朋友结婚，我也会找一卷颜色最鲜、形式最缠绵的竹门帘送他们，并且告以这是客家旧俗中最美的一种传统，然后看见两朵粲然的微笑，自他们的容颜升起。然而走在回家的路上，我却不敢想起客家村落常见的景象。那剥落的景象正如无星的黑夜，看不见一点儿光。

我知道情感可以如斯卷起，但门帘即使如新，也无以保存过去的感情，只好把它卷在心中最深沉的角落。就像卷得起《长江万里图》，心中挂着长江卷得起一苇渡江，但江面辽阔，遥不可渡。

卷着的帘、卷着的画，全是谜一般的美丽。每一次展开，总有庄穆之心，不知其中是缠绵细致的情感，或是壮怀慷慨的豪情；也不知里面是江南的水势、江北的风寒，或是更远的关外的万里狂沙。唯一肯定的是，不管卷藏的内容是什么，总会有或多或少触动心灵的玄机。

诗人韦庄有一阕常被遗忘的好词，正是写这种玄机被触动的心情：

春雨足，染就一溪新绿。柳外飞来双羽玉，弄晴相对浴。

楼外翠帘高轴，倚遍阑干几曲。云淡水平烟树簇，寸心千里目。

前半段写的是一双白羽毛的鸟在新绿的溪中相对而浴，是鸳鸯竹帘的心情；后半段写的是翠帘高卷的栏杆上目见的美景，寸心飞越千里，是长江万里图的家国心情。读韦庄此词，念及他壮年经黄巢之祸的乱离，三十年家国和千百里河山全在一念之间跌宕汹涌而出。而且我们不要忘记，他卷起的楼外，不只是一幅幅的图画，也是一层层的心情——有时多感不一定要落泪，光看一张帘卷西风的图像，就能使人锥心。

我有一幅印刷的王维《山阴图卷》，买来的时候久久不忍打开，一夜饮中微醉，缓缓展开那幅画。先看到左方从山石间划出来的一苇小舟上坐着一位清须飘飘的老者在泛舟垂钓，然后是远处小洲上几株迎风的小树，近景是一棵大树悠然垂落藤蔓。画的右边是三个人，两位老者促膝长谈，一位青年独对江水两眼平视远方……最右侧是几株乱树，图卷在乱树中突然终止。

泛舟老叟钓到鱼了没有？我不知道。

两位老者在谈些什么？我也不知道。

那位青年面对江水究竟在独思什么？我更全然不知。

《山阴图卷》本来是一幅澹远幽雅的古画，是让我们壮怀激烈的盛唐时代生活平静的写照。可是由于我的全然不知，读那幅画时竟有些难以排遣的幽苦，幻化在那江边，我正是那独坐的青年，一坐就坐到盛唐的图画里去。等酒醒后，才发现盛唐以及其后的诸种岁月已流到乱树的背后，不可捉摸了。

我想过，如果那幅画是平裱在玻璃框里，我绝对不会有那时的心情，因为那青年的图像在画里构图的地位非常之小，小到难以一眼望见，只有图卷慢慢展开的时候，才能集中精神，坐进一个难以测知的想象世界。

有一年，是在风雨的夜里吧！我在鼻头角的海边看海潮，被海上突来的寒雨所困，就随缘地夜宿灯塔。灯塔最是平凡的海边景致，最多只能赢得过路时一声美的赞叹。

夜宿的心情却不同。头上的强光一束，亮然射出，穿透雨网，明澈慑人。塔的顶端窗门竟有竹帘，我细心地卷了帘，看到天风海雨围绕周边，海浪激射，一起一落，在夜雨的空茫里，渔火点点，有的迎着强光驶进港内，有的依着光飘向渺不可知的远方。

那竹帘是质朴的原色，历经不知多少岁月，仍坚固如昔。竹帘不比灯塔，能指引海上漂泊的人，但它能让人的想象不可遏止，胜过灯塔。

我知道那是台湾的最北角，最北最北的一张竹帘。那么，仿佛一卷帘，就能望见北方的家乡。

家乡远在千山外，用帘、用画都可以卷，可以盈握，可以置于怀袖之中。卷起来是寸心，摊开来是千里目，寸心与千里，有一角明亮的交叠，不论走到哪里，都是浮天沧海远，万里眼中明。

在鼻头角卷帘看海的那一夜，我甚至看见有四句诗从海面上浮起，并听到它随海浪冲打着岩岸，那四句诗是于右任的《壬子元日》：

不信青春唤不回，
不容青史尽成灰。
低徊海上成功宴，
万里江山酒一杯。

九月很好

月亮与台风

快中秋了，阳历是九月。

孩子的自然课本，要做九月天象的观察，特别是要观察记录月亮，从八月初记录到中秋节。

每天夜里吃过晚饭，孩子就站在阳台等待月亮出来，有时甚至跑到黑暗的天台，仰天巡视，然后会看到他垂头丧气地进屋，说："月亮还是没有出来。"

我看到孩子写在习作上，几天都是这样的句子："云层太厚，天空灰暗，月亮没有出来，无法观察。"

最近这几天，连续几个台风来袭，月亮更连影子都没有，孩子很不开心，他说："爸爸，这九月怎么这么烂，连个月亮也看不见！"

"九月并不坏呀！最热的天气已经过了，气温开始转凉，是最美丽的秋天，有最好的月亮，只不过是这几天天气差一点儿而已。"

我告诉孩子，台风虽然是讨厌的，有破坏力的，但是台风也有很多好处，例如它会带来丰沛的雨量，解除荒旱的问题；例如它会把垃圾、不好的东西来一次清洗；又例如让我们感受到人身渺小，因此敬畏自然。

“既然不能观察月亮，你何不观察台风呢？”

“好主意！”孩子欢喜地说。

我看到他的作业簿上，写着诗一样的记录：

风从东西南北吹来，
云在天空赛跑，
雨势一下大一下小，
伞在路上开花。

台风的美，可能也不输给月亮。

月亮永不失去

中秋节没有月亮真是扫兴的事。

我想到，我们在乎的可能不是月亮，而是在乎期待的落空，否则每个月十五都是月圆，大部分人都没有什么感觉的。

生活实在太忙了，一般人平常抽不出时间看天色，中秋几乎成为唯一看天空的日子，我们准备的月饼、柚子、茶食就在表示我们是多么郑重地想看看月亮，让月亮看看我们。

好！月亮既然不出现，也就算了，我们吃吃月饼、尝尝柚子，在夜暗中睡去,明天再开始投入忙碌的生活,期待明年的中秋月亮。

其实，月亮是永不失去的，月亮看不见只是被云层所遮蔽，并不会离开它存在的地方。这是为什么佛教把自性说成月亮，见不到月亮的人只是被云层所遮，并不是没有月亮。

可惜的是，我们一年才看一次月亮，有多少人一年里看见一次自我的光明呢？在这个世界上，没有人能真正了解或知道我们，如果连自己都不能寻找生命的根源，不能觉知自我的光明，就连自己也不能自知了。

理论上，人人都知道月亮随时都在，实际上，很不容易去触及那种光明，也不是不容易触及，而是不愿去实践、不愿去发掘，很少去走出户外。

孤单之旅

在这个寂寞的时代，没有人能完全地互相了解，即使是知己、最亲密的人，也难以触及我们的内在世界。

因此，每一次的人生，就是一段孤单之旅。

我时常在想，由于生命的孤单和不足，这人间才会分成男人和女人、父母和子女、朋友和敌人、丈夫和妻子，如果是在一个完美与圆满的世界，一个人已经很够了。

也因为这种孤单和分裂，我们之间永远不能互相了解，对于自己的心如果能了解、能坦诚面对，也就够了；对于别人的心意，如果能了解一部分，不互相对立，也就很好了。

生命之所以有这么多不同，有着各种因缘和关系，是希望我们能从孤单中走出，试着去知道生命的不足。也由于孤单与不足，才会有一些更高层次的东西触动我们、吸引我们、带领我们。

生命的触动

生命的触动是多么必要呀！

当某种语言触动了我们的思维，那就是诗歌或者文学。

当某种颜色触动了我们的眼睛，那就是绘画。

当某种音声触动了我们的心灵，那就是音乐。

当某种传奇或故事触动了我们，那就是戏剧呀！

当某种情感触动了我们，那就是爱；当某种爱提升了我们，那就是慈悲；当某种慈悲被触动，就可以吸引我们、带领我们，走向生命圆满的归向。

心地明明，乾坤朗朗

在现实的生命，没有什么是圆满的。有时平静，有时狂喜；时而寂寞，时而热闹；或者欢欣，或者悲哀。

在现实的宇宙，没有什么是完美的。有时风和日丽是狂风暴雨的预示；有时云天晴美是地震台风的前兆；有时呀，不测的风雨会在午后的大晴朗后出来。

我时常在想，这变动不居的宇宙是不是我们变动不居的心识之映现？如果心地明明，是不是就乾坤朗朗了呢？

我找不到答案，唯一知道的是，台风来的时候，如果我们把房子造得坚固一些，我们依然可以在平静温暖的灯下读书。

悲伤与唱歌

生命不免会唱悲伤的歌。

但唱过歌的人都会发现，我们唱的歌愈是忧伤就愈是能洗净我们的悲情。

“悲伤地唱歌”和“唱悲伤的歌”是很不同的。

不管是悲伤或者是唱歌，都只是人生的一小段旅途。

好的悲伤和好的唱歌都会令我们感动，感动是最好的，感动使我们知悉生命的炽热，感动使我们见证了心灵的存在，感动使我们或悲或喜，忽哭忽笑，强化了生命的弹性。

能悲伤是好的。

能唱歌是好的。

悲伤时好好地悲伤吧！

唱歌时高扬地唱歌吧！

大不了

有几个朋友同时来向我诉苦，他们都在同一个办公室做事，关系不良、错综复杂，但他们分别是我的朋友。

他们相互之间看到的都是缺点，可能是距离近的缘故。

我看到他们的都是优点，可能是距离保持的缘故。

连续接几个电话下来，感觉就像是看《罗生门》一样，每一个都是真相，每一个也都不是真相。

对每一个朋友我总是说：“别那么在乎，天下没有什么大不了的事！”

总统死了，会有新的总统；国家分裂了，会有新的国家；何况是小小的办公室呢？

真的，不必太在乎，不必太执着，天下没有大不了的事！

九月很好

九月是很好的月份。

中秋月圆，云淡风清，温和爽飒。

真的，九月是很好的月份。

最近的那个台风也过去了，九月很好。

梦的台北

三十年前，我第一次到台北，在台北读大学的堂兄带我到中华路、西门町一带去玩儿。当公交车开到中华路的时候，我被台北的灯火辉煌、马路的开阔震撼了。对比着入夜即漆黑一片的家乡，台北给我的感觉就像梦一样，有点像童话世界，一点也不真实。

然后，我们一起去逛中华商场。当时，中华商场盖了才一年，房舍整齐干净，游人如织，电器、服装、古董、艺术品、小吃等商店里满是人，物品堆积得满坑满谷。对比着贫穷的南部乡下，我很难想象台北是如此富裕，而且也是在中华商场，我第一次看见电视机。

逛完中华商场，堂兄带我到“真北平”去吃烤鸭。堂兄那时兼职做家教，生活很不错的样子，吃饭的时候他告诉我，在台北谋生机会比较多，大学毕业后他将留在台北。说这些话的时候，他的眼神里有着希望的光芒。那也是我这辈子第一次吃到北平的烤鸭。

吃过饭，我们散步到中华路和宝庆路的圆环去。我们坐在圆环里，看南来北往的火车在这个繁忙的都市里穿梭来去。抬起头来，中华商场的顶楼上，许多巨型的霓虹灯闪烁着，在夜空中明亮而华美。我看着当时令我十分崇拜的堂兄说：“七哥，我长大也要来住台北。”说这句话的时候，我到台北还不到五小时，没到过台北的其他地方，可见中华商场给我的冲击之大了。堂兄摸摸我的头说：“好呀！等你上台北的时候，说不定可以住在我家呢！”

说完这话的十年后，我到台北读书，七哥已经在家乡病逝了。七哥服完兵役后并没有如愿到台北来，因为当时故乡的中学有一个教师的空缺，他被召唤回乡去教书了。他教书的时候，我正在台南读中学，每次看到他都觉得他不快乐。结果，他不到四十岁就过世了。我每次走到中华商场，想到饱学的堂兄那未竟的台北之梦，都感到微微的心酸。

七哥抑郁死在乡下，这件事使我在退伍的第二天就到台北来了，不是因为台北有更好的谋生机会，而是因为我已经比较真实地认识到台北不只有中华商场，认识到如果要从事人文的工作，台北是比乡下更合适的地方。

读书时代，我时常和朋友去逛中华商场；每有乡下的亲戚朋友来，我也会带他们去中华商场，仿佛回到了我九岁那一年。我认识台北，就是从中华商场的霓虹灯开始的。

在台湾《中国时报》工作的时候，离中华商场更近了。我有一个知心的朋友在台湾《新生报》上班，几乎每天晚上，我都会从万华赶公交车到延平南路去。我们一起散步到中华商场去吃大陈岛人卖的砂锅，那甜美的滋味和真诚深刻的友谊，至今还令我回味不已。我们在陈年绍兴酒瓶上写上名字，就寄存在店里，满屋都是写着名字的酒，光是看着就要醉了。

每天和最要好的朋友饮一盅陈年绍兴，我觉得是人生中最值得记忆的情味。而如今，我有十年的时间滴酒未沾了；而如今，好友息交绝游已有十二年了。从分别那时开始，我再也没有进去吃过一次大陈岛人的砂锅，我怕吃的时候会心碎落泪。

人生之味有点像砂锅之味，放了太多的东西，在同一个锅子里煮，最后就百味杂陈了。

我在台北住的时间竟超过二十年了，偶尔路过中华路，偶尔穿过那杂乱的、堆满物品的骑楼，总会想到在许久许久以前，电影还是黑白片、收音机还是广播剧的时代，一个乡下少年抬头看霓虹灯的影子，那影子如梦。

中华商场就要拆了，我想起了那些碎落的记忆、失散的朋友，不知道当年一起吃砂锅的人可还安好？不知道最后寄放的那瓶陈年绍兴给谁喝了？

有些东西是可拆的，有些东西是拆不掉的；有些东西会流失，有些东西会永存；有些人会变质，有些质会常青。有些梦，唉，实现了不一定比宝藏着好！

两只松鼠

自从搬到山上来住，我最高兴的莫过于山后有两只野松鼠。

每天清晨，阳光刚从庭前射来，鸟儿的歌声吱吱啾啾鸣动，这时我就搬一张摇椅到庭前的花园，等待那两只野松鼠。我的园子里种了一棵高大的木瓜树，终年长满了木瓜，松鼠们总爱在阳光刚刚扑来的时候，来到我的园子里吃木瓜。

才一会儿时间，两只野松鼠就头尾相衔，一高一低从远处奔跑过来，松大的尾巴高高地晃动着，它们每天都显得那么快乐，好像一对蹦蹦跳跳的孩子，顽皮地互相追逐着，伸头进栏杆时先摇摇嘴上的长须，一跃而入，往木瓜树蹿去。

它们争先恐后地上树后，便津津有味地吃起我种的木瓜了，它们先用爪子扒开木瓜的尾部，把尖嘴伸到木瓜里面，大吃大嚼起来，木瓜子和木瓜屑霎时间就落了一地，有时它们也更换一下姿势，回头偷偷瞧我，吱吱连声。

吃饱了早餐，用前爪抹抹嘴，顺着木瓜树干滑下来，滑到一半儿，借力往栏杆外一跳，姿势俊美到极点。两只松鼠一蹦一跳并肩地跑远，转眼间就没入长草不见了，仿佛是一对天真的小孩儿吃饱了饭，急着去庙里看杂耍似的。

我在园子里看松鼠已经有一年的时间了，它们总是在我通宵工作的黎明时跑来，成为我最好的精神伙伴。有时候，木瓜不熟，它们也跑来园子里搞来搞去，奔跃戏耍，尽兴了才离去。有时候，我会在栏杆上绑两根香蕉，看它们欢天喜地地吃香蕉，吃完了望望我，一溜烟地跑了。

那两只松鼠一只黑色，一只棕色，毛色都是光鲜柔软，在清早的阳光下常反射出缎子一般的光泽。小眼珠子滴溜溜地转，尾巴翘得半天高，真是惹人怜爱。

我们相处的时日久了，它们的胆子也大了，偶尔绕到我摇椅边来玩，穿来穿去，我作势一吓，它们便飞也似的跑开，但并不逃走，站在远远的地方观察我的动静，然后慢慢再挨蹭过来。

除非我去远地，否则我和松鼠总像信守着诺言，每日在庭前相会，这一对小夫妻看起来相当恩爱，一日不可或离。

最近一个多月的时间，松鼠不来了，我每天黎明时刻减少了不少趣味，有时候愣愣地想起它们快乐的情状，它们到哪里去了呢？会不会换了山头？会不会松鼠妻子生了儿女？过一阵子说不定带一群小松鼠来看我哩！有时候仰望浩渺云天，想起我并不知道松鼠的家乡，我们只是在我客居的家前偶然相遇，却不知不觉生出一种奇妙的情缘，竟像日日相见的老友突然失踪，好生教人挂念——原来，相处的时候很难深知自己的情感，一别离便可测量，即使对一只小松鼠也是这样。

前几天我在山下散步时吃了一惊，社区的守卫室前挂着一个笼子，里面赫然是那只棕色的小松鼠，它正在笼子里的铁线圈拼命地跑动，跑累了，就伏在一边休息。

我问守卫老张，松鼠是怎么来的？他用浓重的山东口音说："一个多月前捉到的。"

"为什么要捉它？""俺常看到松鼠在社区里跑来跑去，用了一个陷阱，捉来玩玩。""只捉到一只吗？""捉到两只，一只黑的，很漂亮，捉来一个下午就死了。""怎么死的？"我吓了一大跳。"捉到之后，它在笼子里乱撞乱跳，撞得全身都流血，我看它快撞死，宰来吃了。"

我一时间说不出话来，在我庭前玩耍了一年的松鼠被老张吃进了肚里，早已化为粪土，尸骨无存了，它的爱侣大概脾气比较驯顺，因此可以在笼中存活下来，每天在铁线圈上拼命奔跑来娱乐别人，松鼠有知当作何感想？

最后，我买下那只棕松鼠，拿到庭前把它放了，它像一支箭一样毫不回头地向前奔去，棕影一闪，跑回它原来居住的山里去了。这只痛失爱侣的松鼠，日后不知要过什么样的生活，要再遇到什么样的伴侣，我想也不敢想了。

我最关心的是，它会不会再来玩儿？等了几天，松鼠都没有来。我孤单地在黑暗中等待黎明的阳光，再也没有松鼠来与我分享鸟声初唱的喜悦。

我深深知道，我再也看不到那一对儿可爱的松鼠了，因为生命的步伐已走过，冷然无情地走过，就像远天的云，它每一刻都在改变，可是永远没有一刻相同，没有一刻是恒久的，有时候我觉得很高兴能和松鼠玩儿在一起。但是想念它们的时候，我更觉得岁月的白云正在急速地变化，正在随风飘过。

黄昏菩提

我喜欢黄昏的时候在红砖道上散步，因为不管什么天气，黄昏的光总让人感到特别安静，能较深刻省思自己与城市共同的心灵。但那种安静只是心情的，只是心情一离开或者木棉或者杜鹃或者菩提树，一回头，人声车声哗然醒来，那时候就能感受到城市某些令人忧心的品质。

这种品质使我们在吵闹的车流里有一种难以言喻的寂寞；在奔逐的人群与闪亮的霓虹灯中看清了这个大城市冷漠的质地。

居住在这个大城市，我时常思索着怎样来注视这个城市，怎样找到它的美，或者风情，或者温柔，或者什么都可以。

有一天我散步累了，坐在建国南路口，就看见这样的场景。疾驰的摩托车撞上左转的货车，因挤压而碎裂的铁与玻璃和着人体撕伤的血泊，正好喷溅在我最喜欢的一小片金盏花的花圃上。然后刺耳的警笛与救护车、尖叫与围拢的人群、堵塞与叫骂的司机……好像一团大铁屑，因磁铁碾过而改变了方向，纷乱骚动着。

对街那头并未受到影响，公车站上等候的人正与公车司机大声叫骂。一个气喘吁吁的女人正跑步追赶着即将开动的公车。小学生的纠察队正对不肯停的计程车吐口水。穿西装的绅士正焦躁地把烟蒂猛然蹂扁在脚下。这许多急促的喘气的画面几乎难以相信是发生在一个可以非常美丽的黄昏。

惊疑、焦虑、匆忙、混乱的人，虽然具有都市人的性格，生活在都市，却永远见不到都市之美。

更糟的是无知。

有一次在花市，举办着花卉大餐，人与人互相压挤践踏，只是为了抢食刚剥下来的玫瑰花瓣或者涂着沙拉酱的兰花。抢得最厉害的是一种放着新鲜花瓣的红茶，我看到那粉红色的花瓣放进热气蒸腾的茶水，瞬间就萎缩了，然后沉到杯底。我想，那抢着喝这杯茶的人不正是那一瓣花瓣吗？花市正是滚烫的茶水，它使花的美丽沉落，使人的美丽萎缩。

我从人缝穿出，看到五尺外的安全岛上，澎湖品种的天人菊独自开放着，以一种卓绝的不可藐视的风姿，这种风姿自然是食花的人群所不可知的。天人菊名声比不上玫瑰，滋味可能也比不上，但它悠闲不为人知的风情，却使它的美丽有了不受摧折的生命。

悠闲不为人知的风情，是这个都市最难能的风情。有一次参加一个紧张的会议，会议上正纷纭地揣测着消费者的性别、年龄、习惯与爱好；什么样的商品是十五到二十五岁的人所要的？什么样的资讯更适合这个城市的青年？什么样的颜色最能激起购买欲？什么样的抽奖与赠送最能使消费者盲目？而用什么形式推出才是我们的卖点和消费者情不自禁的买点？

后来，会议陷入了长长的沉默，灼热的烟雾弥漫在空调不敷应用的会议室里。

我绕过狭长的会议桌，走到长长的只有一面窗的走廊透气。从十四层的高楼俯视，看到阳光正以优美的波长投射在春天的菩提树上，反射出一种娇嫩的生命之骚动，我便临时决定不再参加会议，下了楼，轻轻踩在红砖路上，听着欢跃欲歌的树叶长大的声音，细微几至听不见。回头，正看到高楼会议室的灯光亮起，大家继续做着灵魂烧灼的游戏，那种燃烧使人处在半疯的状态，而结论却是必然的：没有人敢确定现代的消费者需要什么。

我也不敢确定，但我可以确定的是，现代人更需要诚恳的、关心的沟通，有情的、安定的讯息。就像如果我是春天，这一排被局限在安全岛的菩提树，任何有情与温暖的注视，都将使我怀着感恩的心情。

生活在这样的都市里，我们都是菩提树，拥有土地虽少，勉力抬头仍可看见广大的天空；我们中有常在会议桌上被讨论的共相，可是我们每天每刻的美丽变化却不为人知。“一棵树需要什么呢？”园艺专家在电视上说：“阳光、空气和水而已，还有一点点关心。”

活在都市的人也一样的吧！除了食物与工作，只是渴求着明澈的阳光，新鲜的空气，不被污染的水，以及一点点有良知的关心。

“会议的结果怎样？”第二天我问一起开会的人。

“销售会议永远不会有正确的结论。因为没有人真正了解到十五岁到二十五岁现代都市人的共同想法。”

如果有人说：我是你们真正需要的！

那人不一定真正知道我们的需要。

有一次在仁爱国小的操场政见台上，连续听到五个人说：“我是你们真正要的。”那样高亢的呼声带着喝彩与掌声如烟火在空中散放。我走出来，看见安和路上黑夜的榕树，感觉是那样的沉默、那样的矮小，忍不住问它说：“你真正的需要是什么呢？”

我们其实是像那样沉默的榕树一样渺小，最需要的是自在地活着。走路时不必担心亡命的来车，呼吸时能品到空气的香甜，搭公车时不失去人的尊严，在深夜的黑巷中散步也能和陌生人微笑招呼，时常听到这社会的良知正在觉醒，也就够了。

我更关心的不是我们需要什么，而是青年究竟需要什么？十五岁到二十岁的，难道没有一个清楚的理想，让我们在思索推论里知悉吗？

我们关心的都市新人种，他们耳朵罩着随身听，过大的衬衫放在裤外，即使好天他们也罩一件长到小腿的黑色神秘风衣。少女们则全身燃烧着颜色一样，黄绿色的发，红蓝色的衣服，黑白鞋，当他们打着拍子从我面前走过，就使我想起童话里跟随王子去解救公主的人物。

新人种的女孩，就像敦化南路的花圃上突然长出一株不可辨认的春花，它没有名字，色彩怪异，却关在时代的风里。男孩们则是忠孝东路刚刚修剪过的路树，又冒出了不规则的枝丫，轻轻地反抗着剪刀。

最流行的杂志上说，那彩色的太阳眼镜是“燃烧的气息”，那长短不一染成红色的头发是“不可忽视的风格之美”，那一只红一只绿的布鞋是“青春的两个眼睛”，那过于巨大的不合身的衣服是“把世界的伤口包扎起来”，而那些新品种的都市人则被说成是“青春与时代的领航者”。

这些领航的大孩子，他们走在五线谱的音符上，走在调色盘的颜料上，走在影院的看板上，走在虚空的玫瑰花瓣上，他们连走路的姿势都与我年轻的时代不同了。

我的青年时代，曾经跪下来嗅闻泥土的芳香，因为那芳香而落泪；曾经热烈争辩民族该走的方向，因为那方向而忧心难眠；曾经用生命的热血与抱负写下慷慨悲壮的诗歌，因为那诗歌燃烧起火把互相传递。曾经，曾经都已是昨日，而昨日是西风中凋零的碧树。

“你说你们那一代忧国忧民，有理想有抱负，我请问你，你们到底做了什么了不起的大事？”一位西门町的少年这样问我。

我们到底做了什么了不起的大事？拿这个问题问飘过的风，得不到任何回答；问路过的树，没有一棵摇曳；问满天的星，天空里有墨黑的答案。这是多么可惊的问题，我们这些自谓有理想有抱负忧国忧民的中年人，只成为黄昏时稳重散步的都市人，那些不知道有明天而在街头热舞的少年，则是半跑半跳的都市人，这中间有什么差别呢？

有一次，我在延吉街花市，从一位年老的花贩口里找到一些答案，他说："有些种子要做肥料，有些种子要做泥土，有一些种子是天生要开美丽的花。"

农人用犁耙翻开土地，覆盖了地上生长多年的草，很快地成为土地的一部分。然后，农人在地上撒一把新品种的玫瑰花种子，那种子抽芽发茎，开出最美的璀璨之花。可是没有一朵玫瑰花知道，它身上流着小草的忧伤之血，也没有一朵玫瑰记得，它的开放是小草舍身的结晶。

我们这一代没有做过什么大事，我们没有任何功勋给青年颂歌，就像曾经在风中生长，在地底怀着热血，在大水来时挺立，在干旱的冬季等待春天，在黑暗的野地里仰望明亮的天星，一株卑微的小草一样，这算什么功勋呢？土地上任何一株小草不都是这样活着的吗？

所以，我们不必苛责少年，他们是天生就来开美丽的花，我们半生所追求的不也就是那样吗？无忧地快乐地活着，我们的现代是他们的古典，他们的庞克何尝不是明天的古典呢？且让我们维持一种平静的心情，就欣赏这些天生的花吧！

光是站在旁边欣赏，好像也缺少一些东西，有一次散步时看到工人正在仁爱路种树，他们把树种在水泥盆子里，再把盆子埋入土中，为什么不直接种到土地里呢？我疑惑着。

工人说：“用盆子是为了限制树的发展，免得树根太深，破坏了道路、水管和地下民缆。也免得树长得太高，破坏了电线和景观。”

原来，这是都市路树的真相，也是都市青年的真相。

我们是风沙的中年，不能给温室的少年指出道路，就像草原的树没有资格告诉路树，应该如何往下扎根、往上生长。路树虽然被限制了根茎，但自己有自己的风姿。

那样的心情，正如同有一个晚秋的清晨，我发现路边的马樱丹结满了晶莹露珠，透明得没有一丝杂质的露珠停在深绿的叶脉上，那露水令我深深感动，不只是感动于那种美，更是惊奇于都市的花草也能在清晨有这样的清明的露。

那么，我们对都市风格、人民品质的忧心是不是过度了呢？

都市的树也是树，都市人仍然是人。

凡是树，就会努力生长；凡是人，就不会无端堕落。

凡是人，就有人的温暖；凡是树，就会有树的风姿。

树的风姿，最美的是敦化南北路上的枫香树吧！在路边的咖啡屋叫上好的咖啡，从明亮的落地窗望出去，深深感到那些安全岛上的枫香树，风情一点也不比香榭丽舍大道的典雅逊色，虽然空气是脏了一点儿，交通是乱了一点儿，喇叭与哨子是吵了点儿，但枫香树多么可贵，犹自那样青翠、那样宁谧、那样深情，甚至那样有一种不可言说的傲骨，不肯为日渐败坏的环境屈身。

尤其是黄昏时分，阳光的金粉一束束从叶梢间穿过，落在满地的小草上，有时目光随阳光移动，还可以看到酢酱草新开的紫色小花，嫩黄色的小蛱蝶在花上飞舞，如果我们用书框框住，就是印象派中最美丽的光影了。可惜有很多人在都市生活了一辈子，总是匆忙走来走去，从来没有看过这种美。

枫香之美、都市人之品质、都市之每株路树，虽各有各的风情，其实都是渺小的。有一回我登上郊外的山，反观这黄昏的都城，发现它被四面的山手拉手环抱着，温柔的夕阳抚触着城市的每一个角落，天边朗朗升起万道金霞，这时，一棵棵树不见了，一个个人也不见了，只看到互相拥抱的人，它的污染拥挤脏乱都不见了，只留下繁华落尽的一种清明壮大庄严之美。

回望我所居的城市，这座平常使我因烦厌而去寻找细部之美的城市，当时竟陪我跨越尘沙，照见了一些真实的大块的面目。那一天我在山顶上坐到辉煌的灯火为城市戴上光环才下山，下山还感觉至美正一分一分地升起。

我们如果能回到自我心灵真正的明净，就能拂拭蒙尘的外表，接近更美丽单纯的内里，面对自己是这样，面对一座城市时不也是这样吗？清晨时分，我们在路上遇到全然陌生的人，互相点头微笑，那时我们的心是多么清明温情呀！我们的明净可以洗清互相的冷漠与污染，同时也可以洗涤整个城市。

如果我们的心足够明净，还会发现太阳离我们很近，月亮离我们很近，星星与路灯都放着光明，簇拥着我们前进。

就像有一天我在仁爱路的菩提树上，发现了一个小红蚂蚁的窝，它们缓缓地在春天的菩提枝上蠕动，充满了生命清新的力量，正伸出触角迎接经过漫长阴雨之后都城的新春。

对于我们来说，那乱车飞驰的路侧，是不适于生存甚至不适宜站立的；可是对菩提树，它们努力站立，长出干净的新绿；对小红蚂蚁，它们自在生存，欣然迎接早春：我们都是一样，是默默不为人知地在都市的脉搏里流动的一丝清明之血。

从有蚂蚁窝的菩提树荫走到阳光浪漫的黄昏，我深深地震动了，觉得在乡村生活的人是生命的自然，而在都市里生活的人，更需要一些古典、温柔的心情，一些经过污染还能沉静的智慧。这株黄昏中的菩提树，树中的小蚂蚁，不是与我一起在通过污染，面对自己古典、温柔、沉静的心情吗？

黄昏时，那一轮金橙色的夕阳离我们极远极远，但我们一发出智慧的声音，他就会安静地挂在树梢上，俯身来听，然后我感觉，夕阳只是个纯真的孩子，他永远不受城市的染着，他的清明需要一些赞美。

每天我走完了黄昏的散步，将归家的时候，我就怀着感恩的心情摸摸夕阳的头发，说一些赞美与感激的话。

感恩这人世的缺憾，使我们警觉不至于堕落。

感恩这都市的污染，使我们有追求明净的智慧。

感恩那些看似无知的花树，使我们深刻地认清自我。

最大的感恩是，我们生而为有情的人，不是无情的东西，使我们能凭借情的温暖，走出或冷漠或混乱或肮脏或匆忙或无知的津渡，找到源源不绝的生命之泉。

听完感恩与赞美，夕阳就点点头，躲到群山之背面，只留下满天羞红的双颊。

一种温存犹昔

最近重看了两次电影《日瓦戈医生》，这部电影最让我感动的不是俄国大革命，也不是日瓦戈本身的人与事，而是在战地里，日瓦戈站在野战医院的阳台上，看着拉娜坐车渐行渐远的情景。马车“嗒嗒嗒嗒”走向生命里不可知的道路，那样的情境常让我想起几句诗:“惊起却回头,有恨无人省,拣尽寒枝不肯栖。”虽是惊鸿一瞥，却是一种温存犹昔。

有时候，马车是一种很好的象征，或是我们坐马车走了，那人站在阳台痴痴地望着，或是那人随车在夕阳中的晚风里消逝，而我们独自站在远处忍受临晚的寒冷。生命的分分合合百结千缠，仿佛不容易理清，但是一到分离时刻，却简单得叫人吃惊，留下的只是一庭凄冷，以及凄冷中旧日的温存。

温存有时不免嫌少，但它是会发酵的，久久酝酿就溢满了我们的胸腔，终致于缠绵悱恻、不能自已，这也就是为什么最感动我的总是马车远去的一刻，而不是马车驰来的时候。

也许真如你说的：在这条寂寞的道路上，我们总在寻找历尽沧桑后的一点儿温存。

你提起到新墨西哥州小镇去玩的经验，你说：“这是一个鸟不生蛋的小镇，它的贫穷与落后，看起来不像是美国，但是却也亲切有趣。每天下午，我们跑到附近的一个公园里，那里有广大的绿色草坪和起伏的山丘。我们以书枕头，互诉所受、所感、所梦、所得。看着蓝色的天空和高直的树木，觉得这种相聚相通的日子真是不多呀！”我很是羡慕，也想起学生时代那一段黄金般的、以书当枕的日子。它浪漫到我每次想起来都几乎要醉了，现在虽然也保持着我们那个时候常说的“每一根神经末梢都充满了感情”的浪漫精神，到底在心灵的围城里日渐荒疏了。连刻骨铭心的爱，如今说起来也是云淡风轻，好像轻轻一吹就飞到天边去了。

生命的事总是有失有得。

我们年轻的时候，每天都在草坪上谈爱情，谈理想，谈抱负，谈许多不可能实现的空幻的梦想，或者骂炎凉世事，骂情义淡薄，骂离合悲欢。我们觉得以爱为灯就必能找到光明的美丽的新世界，必能照亮我们生命的前程。

一旦前程成为往事，我们被钟爱的人背叛，我们尝到了人世冷暖，我们的理想与抱负都缈远如天边的星火，这时我们成长了。可是成长的代价呢？我们似乎走进了我们以前骂的范围内，变成冷漠无情的一类。我们虽然始终相信自己是深情的，可是个人的深情有什么用处呢？不过是在我们午夜回思之际，酸苦一如初春未熟的葡萄，生活也就变成吃剩的一串葡萄藤，忧郁的蓝色支脉往四面八方零乱地亢张着。那饱满富于弹性的美丽果实被社会一口一口地吞噬了——我常把吃剩的葡萄藤一串串挂起来，用以警惕自己，不可无情，不可失去追寻正义的勇气，也万不可让那盏年轻时点着的灯熄灭了。

唉！千万种风情，更与何人说？

知道你又在假期跑到纽约去小住了。谈到纽约，你说："有过气的艺术家，有堕落的文人，有仍在苦撑的理想追寻者，有奇招不断的'怪杰'们。我们夜夜访些有趣的地方，往日嬉皮时代有名的格林尼治村也依旧浪漫如昔。此外，花街柳巷、百老汇、第五街、旧日意大利黑手党的集中地……"然后你不免也痛骂起纽约的无情与堕落，说："到底能不能既使都市发展，也能使人们有情有义呢？到底有没有绝对的真理呢？"

我真是为你高兴。我一直深信，对于"无情"与"堕落"，我们还能生气，还能痛骂，那表示我们还有希望，还有热血，还没有变成一个俗人。如果我们看见一件不满的事时，不能鼓起腮、叉起腰来求全责备，那么我们恐怕也就没有什么作为了。

最近，朋友中流行着一种说法。在很优美的情境下，他们常说："就这样死去，也没有遗憾了。"这种纯粹的浪漫主义的想法泛滥的结果是，坐在淡水海边看夕阳和归帆时，也感叹道："在这样美的情境下死去也无憾了。"吃到一桌好菜时也说："吃这么好的菜，现在撑死也就无憾了。"仿佛我们所追求的东西竟是这么单纯，生命的大原则都在其次了。

我不反对浪漫，但是我觉得如何在高度的浪漫里还不忘失理想的追求，才是较好的生命态度。因为我们只有一条命，要卖给识货的人；我们只有一条道路，要能有情感的冲动，也应该兼有理性的沉思。

这就像是，我们读着一本很厚的书，翻着翻着，书里落下几片年轻时夹入的枫叶，平整而枯干，但是年轻时鲜红色的有生命的历程全涌发出来了。我们不能随意死去，因为书还很厚，说不定下一次掉出来的是依然雪白如初的一朵茉莉花呢！

心眼同时，会心一笑

尽说拈花微笑是，
不知将底辨宗风。
若言心眼同时证，
未免朦胧在梦中。
——白云守端禅师

禅的起源有一个美丽的说法，经典上说："世尊在灵山会上拈花示众，是时众皆默然，唯迦叶尊者破颜微笑，世尊曰：我有正法眼藏，涅槃妙心，实相无相，微妙法门，不立文字，教外别传，付嘱摩诃迦叶。"短短六十余个字，给了我们美丽非凡的联想，禅的开始就是这么多了，除了这些，世尊没有再交什么给迦叶了。

我每次想到禅的开始，就好像自己要拈花、又要微笑的样子，心里有着细致的欢喜。直到有一天，我正喝茶的时候品味这段话，突然生起两个想法：

一是当释迦牟尼佛拈花的时候，幸好有迦叶尊者适时微笑，万一佛陀拈花的时候，灵山会上那么多的菩萨竟没有一个人微笑，这世界就没有禅了。

二是万一佛陀拈花时，迦叶还来不及微笑，在场的菩萨同时哄堂大笑，那么，这世界也就没有禅了。

因此，“拈花微笑”四个字是多么美。一个是拈花，那样优雅；一个是微笑，那么沉静。两者都有着多么温柔的态度和多么庄严的表情呀！

“拈花微笑”使我想到，佛陀早就想要拈花，而迦叶也早就准备好微笑了，然后，在适当的场地，适当的时间，佛陀的拈花与迦叶的微笑，才使得禅有一种美好的开端。

现在，佛早就离开这个世界，留存在世界的是山河大地还有无数的众生，如依佛所说，山河大地与六道众生都与如来无异。我们可以这样说，山河大地与我们所遇到的一切众生无时无刻不在对我们拈花，只可惜我们不知道在适当的时间里微笑罢了。

我觉得，一个人想要进入禅的世界，一定要有对世界微笑的准备，这种微笑，是生活的会心。因为，禅不应该有勉力而为的态度，一个人要得到禅，是要进入自然之道，有一种美好安定的心，等待心性开启的一刹那，就好像一朵花等待春天。

禅是一种直观的开悟，而不是推论的知识。禅的智慧与一般知识最大的不同，是知识里使用眼睛与意识过多，常使宇宙的本体流于零碎的片段；禅的智慧是非常主观的，是心与眼睛处在统一状态的整体。

以一朵花为例，没有会心的人看花，会立即想到这花是玫瑰花，颜色是红色，要剪下插在那里才好看，或者要把它送给别人。我是主，花是客，很难真正知道或疼惜一朵花，对待一朵花，我们多的是理性客观的态度。现在，我们把这种态度翻转，使它进入一种感性主观的风格，我就是花，花就是我，我的存在就像一朵花开在世界，我的离去，就好像花朵的凋落一般，我们只是生命的表象。那么，生命的真实何在？这就是智慧者的看花之道。与人相处，与因缘会面，如果我们也有像看花一样的主观与感性，我们的“会心”就使我们容易有悟。

在禅里有这样的故事：

有一个人走在路上，突然听见一阵凄哀的哭声，走过去一看，原来是一只朝生暮死的小虫在那里哀号。

他就问：“你为什么哭？”

小虫说：“我的太太死了，我下半辈子不知道要怎么过。”

那个人不禁哑然失笑，因为那时已过了中午，小虫再过半天就要死了，不过，他立即悟到，小虫的半天与我们的半生，在感受上，一样漫长；在实相上，一样短暂！

民国初年的高僧来果禅师，有一次在禅定中突然听到一阵哭喊，他步下禅床，循声而往，看到一只跳蚤从床上跌下来，摔断了脚，正在那里哀号。那时他知道了：跳蚤的喜怒与人无异，而人如果只有生命的表象，又和跳蚤有什么不同呢？

我们在生活中，一切都是现成的，就在我们的眼前，可是常常被我们变成名相，如果能转回原来的面目，禅心就显露了。

曾经有一位僧人问法眼文益禅师："要如何披露自己，才能与道相合？"

法眼回答说："你何时披露了自己，而与道不相合呢？"

我们在对境时经常发生两种情况：一种是对境界的漠然，以至于无感；一种是处处着相，以致为境所牵累。我们应该时时保有会心的一笑，心眼同时地直观，然后在感性的风格里超越。

法眼文益有一首美丽的诗：

幽鸟语如簧，柳摇金线长。
云归山谷静，风送杏花香。
永日萧然坐，澄心万虑忘。
欲言言不及，林下好商量。

在生活的会心里，我们时常做好一笑的准备，会使我们身心自在，处在一种开朗的景况，也使我们的心为之清澄，那么，不可思议的一悟就准备好了，只等待那闪电的一击。

手中的弓箭，离弦射出的时候，早已在眼中看到天空飞行的雕随箭而落。这是神射手的境界。

闭着眼睛在阴雨的黑夜，知道月亮或圆或缺并不失去，在好天气时，果然看到月的所在和月的光芒，这是明眼人的境界。

当法眼说:“看万法不用肉眼，而是透过真如之眼，即法眼道眼。道眼不通，是被肉眼阻碍了。”使我们知道禅师是心眼合一的神射手！是处处都有会心的明眼人！

因此，拈花的时候，微笑吧！不拈花的时候，准备好微笑吧！

形与影之间

与朋友去登大屯山。

秋气景明，我们沿着两旁种满箭竹的石板阶梯缓步攀高，偶尔停下来俯望红尘万丈的城市以及在山间流动着的雾气，时有不知名的鸟如箭凌空而过，留下清越的叫声。

不知道为什么，我们谈起了“文学死亡”的问题，大概是因为《蓝星》诗刊的停刊吧。

《蓝星》是仅存的一本大型诗刊，它的停刊等于正式为诗刊画下了休止符。

近年来出版的文学书籍普遍滞销，使得出版文学书籍的出版社多处于半停滞的状态，有勇气出版文学书籍的出版社往往要面临库存与赔本的命运。

近几年来，似乎也没有特别引人注目的文学作品，从前一有好的作品就奔走相告、洛阳纸贵的情景，仿佛只能在梦中追忆了。

朋友说文学没落，或者说文学濒临死亡的原因，是读者与市场不支持。文学投入市场一再地遭到挫败，使出版者望而却步，不敢在文学作品上投资。作家由于得不到响应，创作上意兴阑珊，甚至一些有才情的作家转业从商，做房地产和炒股票。更年轻的创作者把这些看在眼里，不敢再走文学的道路。长远下来，文学自然没落了。

“最重要的原因还在于现代人不读书，没有市场。”朋友说。

这时，我们正好登上了大屯山的最高点。

听说这是台北盆地的第三高峰，视野果然开阔，可以一直看到北面的海边，环顾四面，整个台北就展现在眼前了。听说每年到冬天，我们站立的大屯山高点都会下雪，那时站在雪封的高顶，城市之繁美、灯火之亮灿就更动人心魄了。

我对朋友说，文学之没落与市场的关系微乎其微。在古代，中国的文学并没有什么市场，文学家还不是写出了无数感人的伟大作品吗？以我正在读的寒山子的诗为例，寒山子“每得一篇一句，辄题于树间石上”，一共写了六百多首诗，现存的就有三百一十二首。

在树上、石头上都可以写诗，哪儿来什么市场问题呢？寒山子有一首诗可以表达他的创作心灵——

一住寒山万事休，

更无杂念挂心头。
闲于石壁题诗句，
任运还同不系舟。

可见，一个文学家从事创作乃是基于心灵的渴望与表达，有市场时固然可以刺激作品产生，但即使没有市场，也应该一样能写出好的作品。如果一个文学作家必须仰赖市场而创作，则表示他的创作心灵尚未到达成熟之境。

因此，读者不应该为文学的没落承担任何责任。说现代人不读书也不公平，以近几年为例，台北就出现了许多家面积超过四百坪[①] 的大型书店，可见读书人口是在增加的。许多读书人宁可去读对心灵没有助益的东西，而不愿读文学书，光是这一点就值得文学家深思了。

市场对文学无绝对影响，读书人的人口也在增加，文学却奄奄一息。

我对朋友说："我们写作的人应该反省。我每读报上或周刊上介绍的好书，都觉得比读唐宋时期的作品还难懂，文字艰涩、思想僵化、创作浮夸，作者呢，写作态度浅薄，名利心跃然于纸上，文学没落实在是有道理呀！"

反过来说，要使文学重活于世间，我们必须写一些文字优美、

① 坪：土地或房屋面积单位，1 坪约合 3.3 平方米。

思想开阔、创作深刻、写作态度诚恳、不为名利的作品，这才是拯救文学之道，至于稿费、市场、对文学家的尊重都是次要的了。

从大屯山主峰下来，夕阳已经快西下了，满山的绿草蒙着金光，洁白的菅芒草含苞饱满，等待着秋天吐蕊盛放。它们永远都是那样盛放，不会因为有人看就开得更美，也不会因为没人看就随便一开，不会先有意识形态再开，不会结党营私，也不会故意要开成后现代主义的样子。甚至呀甚至，它们不会故意开出别人不能欣赏的样子，以证明自己的纯白。

由于夕阳的关系，大屯山的山影整个投射在马路上。那影子的线条十分优美，可以使人想象到那座山的伟岸。但是影子到底不是真实的山，正如所有对文学没落的思维、研究、检讨，都不如努力去创作。所有的形式、主义、意识形态、同人情结都只是路上的影子，不是真正的大山。

我们的车子沿路下山，穿过台北县和台北市的界碑。我想，文学家应该突破疆界，以更大的包容与自由来努力写作！

要使自己成为大山，不只是路上的影子。

写在水上的字

生命的历程就像是写在水上的字，顺流而下，想回头寻找的时候总是失去了痕迹，因为在水上写字，无论多么费力，那水都不能永恒，甚至是不能成形的。

因此，如果我们企图要停驻在过去的快乐，那是自寻烦恼，而我们不时从记忆中想起苦难，反而使苦难加倍。生命历程中的快乐或痛苦，欢欣或悲叹都只是写在水上的字，一定会在时光里流走。

就像无常的存在是没有实体的。实体的感受只是因缘的聚合，如同水与字一般。

身如流水，日夜不停流去，使人在闪灭中老去。心也如流水，没有片刻静止，使人在散乱中迷茫地活着。身心俱幻正如流水上写字，第二笔未写，第一笔就流到远方。

爱，也是流水上写的字，当我们说爱时，爱之念已流到远处。美丽的爱是写在水上的诗，平凡的爱是写在水上的公文，爱的誓言是流水上偶尔飘过的枯叶，落下时，总是无声地流走。身心无不迁灭，爱欲岂有长驻之理？

既然生活在水上，且让我们顺着水的因缘自然地流下去。看见花开，知道是开花的因缘具足了，花朵才得以绽放；看见落叶，知道是落叶的因缘具足了，树叶才会落下来。在一群陌生人之中，我们总会碰到那有缘的人，等到缘尽情了，我们就会如梦一样忘记他的名字与脸孔，他也如同写在水上的一个字，在因缘中散灭了。

我们活着为什么会感觉到恐惧、惊怖、忧伤与苦恼，那是由于我们只注视写下的字句，却忘记字是写在一条源源不断的水上。水上的草木一一排列，它们互相并不顾望，顺势流去，人的痛苦是前面的浮草总思念着后面的浮木，后面的水泡又想看看前面的浮沤。只要我们认清字是写在水上，就能心无挂碍，无有恐怖，远离颠倒梦想。

不能认清生命的历程是写在水上的字的人，是以迷心来看世界，世界就会变成一张网，挑起一个网目，就罩在千百个网目的痛苦中。

认清了万法如水，万事万物是因缘偶然的聚合，这是以慧心来观世界，世界就与自己的身心同时清净，冲破因缘之网而步上菩提之道。

在汹涌的波涛与急速的漩涡中，顺流而下的人，是不是偶尔会抬起头来，发现自己原是水上的一个字呢？

这种发现，是觉悟的开始，是菩提的芽尖。

不要指着月亮发誓

“我指着那把树梢涂了银色的圣洁的月亮发誓——”

“啊！不要！不要指着月亮发誓,月亮变化无常,每月有圆有缺,你的爱也会发生变化。”

“那我指着什么发誓呢？”

“根本不要发誓，如果你一定要发誓，就指着你那惹人心动的自身起誓好了，那是我崇拜的偶像，我会相信你的。”

这是莎士比亚戏剧里，罗密欧与朱丽叶的一段对白，当罗密欧对着月亮起誓的时候，被朱丽叶制止了，因为在她的眼中月有阴晴圆缺，一点儿也不可靠，反而“自身”比月亮还要可信任。后来罗密欧说:“你还没有说出你的爱情的忠诚誓约和我交换呢！”

“在你还没有要求的时候，我已经把我的誓言给你了。”朱丽叶动人地说,“但是我想要的只是现在我所有的这点爱情。”

朱丽叶回家时，罗密欧看着她美丽的背影，说:“我生怕这一切都是梦，太快活如意，怕不是真的。”

最近，梁实秋先生过世了，我找出他翻译的《莎士比亚全集》重读，随意翻到《罗密欧与朱丽叶》，看到这一段颇有感触，尤其人到中年更感觉到“一切都是梦”了。

我从前读过几次这本书，并不是特别喜欢，正如剧中的劳伦斯修道士说的：“最甜的蜜固然本身是味美的，可是不免有一点儿腻，吃起来要倒胃口。”罗密欧与朱丽叶的爱就像这样，太甜腻了。我的情感观念比较接近劳伦斯说的：“所以要温和地爱，这样方得久远；太快和太慢，其结果是一样迟缓。”

每个人在年轻的时候，都会多少有一点儿罗密欧与朱丽叶的激情，在梦与醒的边缘、在爱与恨的分际挣扎。爱的时候，不要说对自己、对月亮起誓了，甚至对着皇天后土、宇宙洪荒起誓，恨不得把自己切成一片片放在爱人面前来表明心迹；可是激烈的情爱也导致深刻的仇恨，很少人能在爱人离开时抱着宽容与感激的心情，大多数人都恨不得把负心的人切成一片片来祭奠自己情感的伤痕。

这使我们明白：爱与恨是同一本质的事物，人人都说罗密欧与朱丽叶是个悲剧，但他们到死的那一刻都还坚心相爱，因此他们不是最惨痛的悲剧，从激情的爱转成激烈的恨的情侣才是最惨痛悲苦的。在“风涛泪浪、交互激荡”的失恋中的人，想到从前指着月亮发誓的场面，每一次想到所受的折磨都仿佛是死过一回，从这个观点来看，罗密欧与朱丽叶算什么悲剧呢？简直是值得羡慕的团圆了。在莎士比亚的眼中，爱与恨有一条直通的快捷方式，也可以说是相似的事物，他通过剧中的劳伦斯修道士说：

啊！草、木、矿石，如果使用得当，
都含有很多的伟大的力量。
世上没有东西是如此的卑贱，
以致对于世界毫无贡献，
同时物无全美，如果使用不善，
也会失去本性，惹出祸端；
误用起来，善会变成为恶，
好好利用，有时恶亦有好结果。
这朵小花的嫩苞含有毒性，
也能用以治疗某种疾病。
这花只要一嗅，香气贯通全身；
口尝一下便能麻痹一个人的心。
人与药草原是一样，
内中有善有恶，互争雄长，
恶的一面如果占了上风，
死亡很快地要把那植物蛀空。

同时，在《罗密欧与朱丽叶》中也说明了爱与恨都不是永恒的事物，它终有结束之日。爱虽使人说出“你的眼睛比他们二十把剑还要厉害，你只要对我温柔，我不怕他们的敌意”；也让人感受到“一个情人可以跨上夏日空中荡飘的游丝而不会栽下来”。可是，莎士比亚也说：“爱神的样子很温柔，行起事来却如此的粗暴”“爱情是叹息引起的烟雾，散消之后便有火光在情人眼里暴露；一旦受阻，便是情人眼泪流成的海”。

看清爱与恨在人生中的实相，对我们坚定步伐是有帮助的，被恨淹没的人是多么愚痴，但被爱所蒙蔽的人不也是一样无知的吗？如果我们能以清明的心来对待爱，并且以更超越的爱来宽恕失落的情意，才能让我们登高，看到人生中更高明的境界。

不要指着月亮发誓，因为月有阴晴圆缺；如果要发誓，请对着自己发誓——让我们真诚地对待人间的一切情爱吧！尽我的所能不去伤害对方，不伤害自己！让爱或恨都能升华，化成我生命中坚强的力量。

○

陆 总有群星在天上

松子茶

朋友从韩国来，送我一大包生松子，我还是第一次看到生的松子，晶莹细白，颇能想起“空山松子落，幽人应未眠”那样的情怀。

松子给人的联想自然有一种高远的境界，但是经过人工采撷、制造过的松子是用来吃的，怎么样来吃这些松子呢？我想起饭馆里面有一道炒松子，便征询朋友的意见，要把那包松子下油锅了。

朋友一听，大惊失色：“松子怎么能用油炒呢？”

“在台湾，我们都是这样吃松子的。”我说。

“罪过，罪过，这包松子看起来虽然不多，你想它是多少棵松树经过冬雪的锻炼才能长出来的呢？用油一炒，不但松子味尽失，而且也损伤了我们吃这种天地精华的原意了。何况，松子虽然淡雅，仍然是油性的，必须用淡雅的吃法才能品出它的真味。”“那么，松子应该怎么吃呢？”我疑惑地问。“即使在生产松子的韩国，松子仍然被看作珍贵的食品，松子最好的吃法是泡茶。”

“泡茶？”“你烹茶的时候，加几粒松子在里面，松子会浮出淡淡的油脂，并生松香，使一壶茶顿时津香润滑，有高山流水之气。”

当夜，我们便就着月光，在屋内喝松子茶。果如朋友所说的，极平凡的茶加了一些松子就不凡起来了；那种感觉就像是在遍地的绿草中突然开起优雅的小花，并且闻到那花的香气，我觉得，以松子烹茶，是最不辜负这些生长在高山上历经冰雪的松子了。

“松子是小得不能再小的东西，但是有时候，极微小的东西也可以做情绪的大主宰，诗人在月夜的空山听到微不可辨的松子落声，会想起远方未眠的朋友，我们对月喝松子茶也可以说是独尝异味，尘俗为之解脱，我们一向在快乐的时候觉得日子太短，在忧烦的时候又觉得日子太长，完全是因为我们不能把握像松子一样存在于我们生活四周的小东西。”朋友说。

朋友的话十分有理，使我想起人自命是世界的主宰，但是人并非这个世界唯一的主人。就以经常遍照的日月来说，太阳给了万物以生机和力量，并不单给人们照耀；而在月光温柔的怀抱里，虫鸟鸣唱，不让人在月下独享，即使是一粒小小松子，也是吸取了日月精华而生，我们虽然能将它烹茶、下锅，但不表示我们比松子高贵。

佛眼和尚在禅宗的公案里，留下两句名言：

水自竹边流出冷，
风从花里过来香。

水和竹原是不相干的，可是因为水从竹子边流出来就显得格外清冷；花是香的，但花的香如果没有风从中穿过，就永远不能为人体知。可见，纵是简单的万物也要通过配合才生出不同的意义，何况是人和松子？

我觉得，人一切的心灵活动都是抽象的，这种抽象宜于联想：得到人世一切物质的富人如果不能联想，他还是觉得不足；倘若是一个贫苦的人有了抽象联想，也可以过得幸福。这完全是境界的差别，禅宗五祖曾经问过：“风吹幡动，是风动，还是幡动？”六祖慧能的答案可以作为一个例证：“不是风动，不是幡动，是仁者心动。”

仁者，人也。在人心所动的一刻，看见的万物都是动的，人若呆滞，风动幡动都会视而不能见。怪不得有人在荒原里行走时会想起生活的悲境大叹：“只道那情爱之深无边无际，未料这离别之苦苦比天高。”而心中有山河大地的人却能说出“长亭凉夜月，多为客铺舒”，感怀出“睡时用明霞作被，醒来以月儿点灯”等引人遐思的境界。

一些小小的泡在茶里的松子，一粒停泊在温柔海边的细沙，一声在夏夜里传来的微弱虫声，一点斜在遥远天际的星光……它全是无言的，但随着灵思的流转，就有了炫目的光彩。记得沈从文这样说过：“凡是美的都没有家，流星，落花，萤火，最会鸣叫的蓝头红嘴绿翅膀的王母鸟，也都没有家的。谁见过人蓄养凤凰呢？谁能束缚着月光呢？一颗流星自有它来去的方向，我有我的去处。”

灵魂是一面随风招展的旗子，人永远不要忽视身边事物，因为它也许正可以飘动你心中的那面旗，即使是小如松子。

风的文章

在金山海边不远的木麻黄树下，一个秋天有辉煌阳光的下午，我坐在地上看着天、天上的云、海、海上的浪，看着雀跃的鸟飞过背后，一转头，那鸟以极快的速度投入山上笼罩的烟岚。这是我的眼睛所见。

我的耳朵听见的，是一波一波永无休止的海浪，在海上有一种规律的呼吸，我试着深呼吸，发现一个人一呼一吸的长度正好与海浪一冲一退的时间相等，然后在呼气的时候，我就感觉海浪整个涌进我的胸臆。

我的身体感觉的是，风从四面八方吹来，有时带着海的咸味，有时带着山的气息，有时带着阳光烘过的烤饼一般的香脆，在我的周边围绕。

那时候所有感觉到的美丽，就是宁静。这种宁静，使人感觉到孤单地坐着有时是一种难得的美丽与幸福。

其实，也不全然是孤单的，因为在那一刻，我知道自己是风的一个逗点，阳光的一个分号，山的一个引号，麻雀的一个破折号，以及海的一个惊叹号，是天地宇宙的一个句号或者开头。

总有群星在天上

我沿着开满绿茵的小路散步，背后忽然有人说：“你还认识我吗？”

我转身凝视她半天，老实地说：“我不记得你的名字了。”

她说：“我是你年轻时第一次最大的烦恼。”

她的眼睛极美，仿佛是大气中饱孕露珠的清晨，试图唤醒我的回忆。

我默默地站了一会儿，感到自己就是那清晨，我说：“你已经卸下了你泪珠中的一切负担了吗？”

她微笑不语，我感觉到她的笑语就是从前眼泪所化成的。

“你曾说，”看到我有如湖水一般清澈平静，她忍不住低声地说，“你曾说，你会把悲痛永远刻在心版。”

我脸红了，说：“是的，但岁月流转，我已经忘记悲痛。”

然后，我握着她的手说："你也变了。"

"曾经是烦恼的，如今已变成平静了。"她说。

最后，我们牵着手在开满绿茵的小路上散步，两个人都像清晨大气中饱含的露珠，清澈、平静、饱满。

昨天悲痛的露珠早已消散，今晨的露珠也在微笑中逐渐地消散了。

这是泰戈尔《即兴诗集》里的一段，我改写了一点点，使它具有一些"林清玄风格"，寄给你。我觉得这一段话很能为我们情爱的过往写下注脚。我偶尔也会遇见年轻时给我悲痛与烦恼的人，就感觉自己很能接近这首叙事诗的心情了。

我很能体会你这样的心情，因为不想伤害别人，以致迟迟不能做出放手的决定。你是那样的善良与纯真（就像我的少年时代），可是，往往因为我们不忍别人受伤，到最后自己却受了最大的伤害，那就像把一支蜡烛围起来烧一样（因为我们怕烧到别人），自己承受了浓烟和窒息。其实，我们只要把蜡烛拿到桌面上，黑暗的房子看得更清楚，自己和别人说不定因此有一些光明与温暖的体会。

这些年来，我日益觉得智慧的重要。什么是"智慧"呢？智是观察与思考的能力，慧是决策与判断的能力。你的情形是很容易做观察和抉择的。爱上你的人是你不该爱的人，而选择分手可以使你卸下负担得到自由，为什么不选择及早地分手呢？你不忍对方受伤害，但是，爱必然会带着伤害，特别是不正常不平衡的爱，伤害是必然的，我们要学习受伤，别人也要学习受伤呀！

我再写一首泰戈尔的短诗给你：

烟对天空、灰对大地自夸：
“火是我们的兄弟。”
悲伤对心、烦恼对生命自矜：
“爱是我们的姊妹。”
问了火和爱，他们都说：
“我们怎么会有那样的兄弟姊妹？”
“我的兄弟是温暖和光明。”火说。
“我的姊妹是温柔与和平。”爱说。

在我们生命的岁月里，火和爱或许是必要的，但不必要弄得自己烟尘滚滚、灰头土脸，也不必一定要悲伤和烦恼，那就像每天有黎明与日落一般，大地是坦然地承受罢了。不正常与不平衡的爱是人生最好的启蒙，就如同乌云与暴风雨是天空最好的启示一般。关于心、关于生命，没有什么是真正的伤害，也没有什么是真正的好，雨在下的时候可能觉得自己对茉莉花是有好处的，但盛开的茉莉花可能因为一场微雨而凋落了；暴晒的阳光可能觉得自己会伤害秋日的土地，但土地中的种子却因为阳光能够青翠地发芽。爱情的成熟与圆满正是如此，只要不失真心，没有什么可以伤害我们真实的生命。

在写信给你的时候，我的思想像一只天鹅飞翔，忆起自己在笔记上写过的一些东西：

箭在弓上时，箭听见弓的低语：
你的自由是我给予的。
箭射出时，回头对弓大声说：
“我的自由是自己的。”
没有飞翔，就没有自由。
没有放下，就没有自由。
没有自由，箭和弓都失去意义。

这些都是游戏的笔墨，我们千万别忘了弓箭之后有拉弓的力，力之后还有人，人还要站在一个广大的空间上。

人人都渴望爱情，即使我们正处在其中的爱情不是最好的，却因为渴求而盲目了，这一点连天神都不例外。希腊神话里太阳神阿波罗在追求少女多尼时，因为追不到，使她被父亲化成一棵月桂树，然后感叹地说：你虽然不爱我，但最低限度你必须成为我的树。从此，阿波罗的头上总是戴着月桂冠，纪念他对多尼的爱。牧神潘恩则把女神化成一簇芦苇，并把她化成的一支芦笛带在身边。世上最美的少年那喀索斯无法全心地爱别人（因为他太爱自己了），最后他化成池中的一朵水仙花。另一位美少年雅辛托斯则因为阿波罗的嫉妒而变成一枝随风漂泊的风信子……

神话是一个象征，象征人要从情爱中得到自由自在，无碍解脱是多么的艰难呀！但是学习是人间的功课，到现在我还在学习，只是我每看到人在情爱中挣扎都是感同身受。希望别人早日得到超越，那是因为我们的学习不一定要自己深陷泥沼才会体验到，有观照之智、抉择的慧，也知道那泥沼的所在和深浅，绕道而行或跨步而过。

希望下次收到你的信，就听见你的好消息。我们不必编月桂花戴在头上，不必随身携带芦笛，人生有许多的花朵等我们去采。如果只想采断崖绝壁那一朵绝美的百合，很可能百合没有采到，清晨已经消逝了。

青春的珍惜是最重要的。在不正常不平衡的爱里浪掷青春，将会使人生的黄金岁月过得茫然而痛苦。青春像鸟，应该努力往远处飞翔。爱情纵使贵如黄金，在鸟的翅膀绑着黄金，也会使最善飞翔的鸟为之坠落！

屋里的小灯虽然熄灭了，
但我不畏惧黑暗，
因为，总有群星在天上。
爱情虽然会带来悲伤，
一如最美的玫瑰有刺，
但我不畏惧玫瑰，
因为，我有玫瑰园，
我只欣赏，而不采摘。

但愿这封信能抚慰你挣扎的心，并带来一些启示。

这一站到那一站

最近在搬家，这已经是住在台北的第十次搬家了。每次搬家就像在乱阵中要杀出重围一样，弄得筋疲力竭，好不容易出得重围，回头一看则已尸横遍野，而杀出重围也不是真的解脱，是进入一个新的围城清理战场了。

搬家，真是人生里无可奈何的事，在清理杂物时总是面临舍与不舍、丢或不丢的困境，尤其是很多跟随自己许多年的书，今生可能再也不会翻阅;很多信件是少年时代保存至今，却已是时光流转，情境不再；许多从创刊号保留的杂志，早已是尘灰满布，永远不会去看了；还有一大堆旧笔记、旧剪贴，旧资料、旧卡片，以及一些写了一半不可能完成的稿件……每打开一个柜子，都是许多次的彷徨、犹豫、反复再三。

好不容易下定决心，把不可能再用的东西舍弃，光是纸类就有二百多公斤，卖给收旧货的人，一公斤一元，合起来正是买一本新书的钱。

还舍弃一些旧家具，送给需要的朋友。

由于想到人生里没有多少次像搬家可以让我们痛快地舍弃，使我丢掉了许多从前十分钟爱的东西，都是不能用金钱衡量的，一些成长的纪念，拢拢总总，舍掉的东西恐怕有一部货车那么多。

即使是这样，这次搬家还是动用了四部货车才连载完毕，使我想起从前刚到台北，行李加起来只有一只旅行袋，后来搬家，是一个旅行袋加一个帆布袋，学校毕业时搬家竟动用了一部小发财车。当时觉得是颇大的背负。

幸好去服了兵役，第二次回到台北，又是一只旅行袋，然后路愈走愈远，背的东西也日渐增加，虽然经常搬迁、舍弃，增加的东西却总是快过丢的速度。有时想起一只旅行袋走天下的年轻时的身影，心中不免感慨，那时身无长物，只有满腔的热血和志气，每天清晨在旅行途中的窗口看见朝日初升，总觉得自己像那一轮太阳。现在放眼四顾，周围堆满了东西，自己青年时代的热血与斗志是不是还在呢?

在时光的变迁中，有些事物在增长，有些东西在消失，最可担忧的恐怕是青春不再吧！许多事物我们可以决定取舍，唯有青春不行，不管用什么方法，它都是自顾自行走。

记得十年前一个寒冷的冬天，我住在屏东市一家长满臭虫的旅店，为了想看内埔乡清晨稻田的日出，凌晨四点就从旅店出发，赶到内埔乡天色还是昏暗的，我就躺在田埂边的草地等候，没想竟昏沉沉地睡去了，醒来的时候日头已近中天。

我捶胸顿足，想起走了一个小时的夜路，难过得眼泪差一点儿落了下来。正在这时，我看到田中的秧苗反映阳光，田地因干旱而显出的裂纹，连绵到天去。有非常之美，是我从未见过的景象，立即转悲为喜，感觉到如果能不执着，心境就会美好得多。

那时一位农夫走来，好意地请我喝水，当他知道我来看日出的美景时，抬头望着天空出神地说："如果能下雨，就比日出更美了。"我问他下雨有什么美？他说："这里闹干旱已经两个月了，没有下过一滴雨，日出有什么好呢？"我听了一惊，非常惭愧，以一种悔罪的心情看着天空的烈日，很能感受到农夫的忧伤。

后来，我和农夫一起向天空祈求下雨，深切地知觉到：离开了真实的生活，世间一切的美都会显得虚幻不实。

假若知道有阳光或者没有阳光人都能观照的角度，就知道了舍与不舍都是在一念之间。

不只是搬家，每个人新的一天，都是从这一站到那一站，在流动与迁徙之中，只要不忘失自我，保有热血与志气，到哪里不都是一样的吗？

我们现在搬家还能自己做主，到离开这个世界时也是身体的搬家，如果不及早准备，步步为营地向光明与良善前进，到时候措手不及，做不了主，很可能就会再度走进迷茫的世界，忘记自己的来处了。

一只毛虫的圆满

起居室的墙上，挂了一幅画家朋友陆咏送的画，画面上是一只丑丑的毛虫，爬在几株野草上，旁边有陆咏朴素的题字：

今日踽踽独行
他日化蝶飞去

我很喜欢这幅画，那是因为美丽的蝴蝶在画上已经看得多了，美丽的花也不少，却很少人注意到蝴蝶的“前身”是毛虫，也很少人思考到花朵的“幼年时代”就是草，自然很少有画家以之入画，并给予赞美。

当我们看到毛虫的时候，可以说我们的内心有一种期许，期许它不要一辈子都那样子踽踽独行，而有化蝶飞去的一天。当我们看到毛虫的时候，内心里也多少有一些自况，梦想着能有美丽飞翔的一天。

小时候，我曾经养过一箱毛虫，所有的人看到毛虫都会恶心惊叫，但我不会，只因为我深信毛虫是美丽蝴蝶的幼年时代。每天去山间采嫩叶来喂食，日久习以为常，竟好像对待宠物一样。我观察到那些样子最丑的毛虫正是最美的蝴蝶幼虫，往往貌不惊人，在破茧时却七彩斑斓。

最记得是把蝴蝶从箱中放走的时刻，仿佛是一朵花飘向空中，到处都有生命美丽的香味。

对毛虫来说，美丽的蝴蝶是不是一种结局呢？从丑怪到美丽的蜕化是不是一种圆满呢？对人来说，结局何在？什么才是圆满？这些难以解答的问题，正是我说的自况了。

初生于世界的人，是不可能圆满的，原因是这个世界原就是不圆满的世界，感应道交，不圆满的人当然投生到不圆满的世界，这乃是“因缘”所成。圆满的人，自然投生到佛的净土、菩萨世界了。

幸而，佛经里留了一个细缝，是说在不圆满世界也可能有圆满的人来投胎，凡圣可能同居，那是由于愿力的缘故，是先把自己的圆满隐藏起来，希望不圆满的人能很快找到圆满的路径，一起走向圆满之路。

“有圆满之愿，人人都能走向圆满。”我们可以这样说，这正是佛说“众生皆有如来智慧德相”的意思。

举一个简单的例子，我们来看几个人字旁的字，像“佛”“仙”“俗”。

仙，左人右山，意思是，人的心志如果一直往山上爬，最后就成仙了。

俗，左人右谷，意思是，人的心志如果往山谷堕落，最后就是粗俗的凡夫了。

佛，左边是人，右边是弗，弗有“不是”之意，佛字如果直接转成白话，是“不是人”的意思。“不是人”正是“佛”，这里面有极为深刻的寓意。当一个人的心志能往山上走，不断地转化，使一切负面的情绪都转化成正面的情绪，他就不是一般的人，而是觉行圆满的佛了。

成佛、成仙、成俗，都是由人做成的，人是一切的根基，人也是走向圆满的起点，这是为什么六祖慧能说：“一念觉，即是佛；一念迷，即是众生了。”

从前读太虚大师的著作，他常说“人圆即佛成”，那时不能深解，总是问：“为什么人圆满了就成佛呢？”当时觉得人要圆满不是难事，成佛却艰辛无比，年纪渐长才知道，原来，佛是“圆满的人”，并不是一个特别的称呼。

什么是圆满之境呢？试以佛的双足“智慧”与“慈悲”来说。

佛典里给佛智慧的定义是“妙观察智”“平等性智”“成所作智”“大圆镜智”，如果把它放到最低标准，我们可以说圆满的智慧具有这样四种特质：一是善于观察世间的实相；二是能平等对待众生，因了知众生佛性平等之故；三是有生命的活力，所到之处，一切自然成就；四是有无比广大的风格，如大圆镜反映了世界的实相。

也可以说，假如有一个人想走向圆满，他要在智慧上有细腻的观察、平等亲切的对待、活泼有力的生命、广大无私的态度。我们试着在黑夜中检视自己生命的风格，便会知道自己是不是在走向圆成智慧之路。

慈悲的圆满境界则有两项标杆：一是无缘大慈，二是同体大悲。前者是对那些无缘的人也有给予快乐之心，是由于虽然无缘，也要广结善缘；后者是认识到自己并不是独存于世界，而是与世界同一趋向、同一境性，因此对整个世界的痛苦都有拯救拔除的心。

慈悲的检视也和智慧一样，要回来看自己的心，是不是与众生感同身受，是不是与世界同悲共苦。切望能共同走向无忧恼之境，如果于一个众生起一念非亲友的念头，那就可以证明慈悲不够圆满了。

因缘的究竟是渺不可知的，圆满的结局也杳不可知，但人不能因此而失去因缘成就、圆满实现的心愿。

一个人有坚强广大的心愿，则因缘虽遥，如风筝系在手，知其始终；一个人有通向究竟的心愿，则圆满虽远，如地图在手，知其路径，汽车又已加满了油，一时或不能至，终有抵达的一天。

但放风筝、开汽车的乐趣，只有自心知，如果有人来问我关于圆满的事，我会效法古代禅师说：“喝茶时喝茶，吃饭时吃饭，睡觉时睡觉，说什么劳什子的圆满？”

这就像一条毛虫一样，生在野草之中，既不管春花之美，也不管蝴蝶飞过，只是简简单单地吃草，一天吃一点儿草，一天吃一点儿露水；上午受一些风吹，下午被一些雨打；有时候有闪电，有时候有彩虹；或者给鸟啄了，或者喂了螳螂；生命只是如是前行，不必说给别人听。只有在心里最幽微的地方，时时点着一盏灯，灯上写两行字：

今日踽踽独行
他日化蝶飞去

三生石上旧精魂

宋朝的大诗人、大文学家苏东坡曾经写过一个非常有趣的故事《僧圆泽传》，这个故事发生于唐朝，距离苏东坡的年代并不远，而且人事时地物都记载得很详尽，相信是个真实的故事。

原文是文言文，采故事体，文章也浅白，所以并不难懂，我把原文附在下面，加上我自己的分段标点：

僧圆泽传

洛师惠林寺，故光禄卿李登居第。禄山陷东都，登以居守死之。

子源，少时以贵游子，豪侈善歌闻于时，及登死，悲愤自誓，不仕、不娶、不食肉，居寺中五十余年。

寺有僧圆泽，富而知音，源与之游，甚密，促膝交语竟日，人莫能测。

一日相约游蜀青城峨眉山，源欲自荆州溯峡，泽欲取长安斜谷路，源不可，曰:“行止固不由人。”遂自荆州路。

舟次南浦，见妇人锦裆负瓮而汲者，泽望而泣:“吾不欲由此者，为是也。”

源惊问之，泽曰:“妇人姓王氏，吾当为之子，孕三岁矣！吾不来，故不得乳。今既见，无可逃者，公当以符咒助我速生。三日浴儿时，愿公临我，以笑为信。后十三年，中秋月夜，杭州天竺寺外，当与公相见。”

源悲悔，而为具沐浴易服，至暮，泽亡而妇乳。三日往视之，儿见源果笑，具以语王氏，出家财，葬泽山下。

遂不果行，反寺中，问其徒，则既有治命矣！

后十三年，自洛适吴，赴其约。至约所，闻葛洪川畔，有牧童，扣牛角而歌之曰:

三生石上旧精魂，赏月吟风莫要论。
惭愧情人远相访，此身虽异性长存。

呼问:“泽公健否？”

答曰:“李公真信士，然俗缘未尽，慎勿相近，惟勤修不堕，乃复相见。”又歌曰:

身前身后事茫茫，欲话因缘恐断肠。

吴越山川寻已遍，却回烟棹上瞿塘。

遂去，不知所之。

后三年，李德裕奏源忠臣子，笃孝。拜谏议大夫，不就。竟死寺中，年八十。

一个浪漫的传说

这真是一个动人的故事。它写朋友的真情、写人的相性、写生命的精魂，历经两世而不改变，读来令人动容。

它的大意是说，富家子弟李源，因为父亲在变乱中死去而体悟人生无常，发誓不做官、不娶妻、不吃肉食，把自己的家捐献出来改建惠林寺，并住在寺里修行。

寺里的住持圆泽禅师，很会经营寺产，而且很懂音乐，李源和他成了要好的朋友，常常坐着谈心，一谈就是一整天，没有人知道他们在谈什么。

有一天，他们相约共游四川的青城山和峨眉山，李源想走水路从湖北沿江面上，圆泽却主张由陆路取长安斜谷入川。李源不同意。圆泽只好依他，感叹地说："一个人的命运真是由不得自己呀！"

于是一起走水路，到了南浦，船靠在岸边，看到一位穿花缎衣裤的妇人正到河边取水，圆泽看着就流下泪来，对李源说：“我不愿意走水路就是怕见到她呀！”李源吃惊地问他原因，他说：“她姓王，我注定要做她的儿子，因为我不肯来，所以她怀孕三年了还生不下来，现在既然遇到了，就不能再逃避。现在请你用符咒帮我速去投生，三天以后洗澡的时候，请你来王家看我，我以一笑作为证明。十三年后的中秋夜你来杭州的天竺寺外，我一定来和你见面。”

李源一方面悲痛后悔，一方面为他洗澡更衣，到黄昏的时候，圆泽就死了，河边看见的妇人也随之生产了。

三天以后李源去看婴儿，婴儿见到李源果真微笑，李源便把一切告诉王氏，王家便拿钱把圆泽埋葬在山下。

李源再也无心去游山，就回到惠林寺，寺里的徒弟才说出圆泽早就写好了遗书。

十三年后，李源从洛阳到杭州西湖天竺寺，去赴圆泽的约会，到寺外忽然听到葛洪川畔传来牧童拍着牛角的歌声：

我是过了三世的昔人的魂魄，
赏月吟风的往事早已过去了。
惭愧让你跑这么远来探访我，
我的身体虽变了心性却长在。

李源听了，知道是旧人，忍不住问道：

"泽公，你还好吗？"

牧童说:"李公真守信约，可惜我的俗缘未了，不能和你再亲近，我们只有努力修行不堕落，将来还有会面的日子。"

随即又唱了一首歌：

身前身后的事情非常渺茫，
想说现因缘又怕心情忧伤。
吴越的山川我已经走遍了，
再把船头掉转到瞿塘去吧！

牧童掉头而去，从此不知道他往哪里去了。

再过三年，大臣李德裕启奏皇上，推荐李源是忠臣的儿子又很孝顺，请给予官职。于是皇帝封李源为谏议大夫，但这时的李源早已彻悟，看破了世情，不肯就职，后来在寺里死去，活到八十岁。

真有三生石吗？

圆泽禅师和李源的故事流传得很广，到了今天，在杭州西湖天竺寺外，还留下来一块大石头，据说就是当年他们隔世相会的地方，称为"三生石"。

"三生石"一直是中国极有名的石头，可以和女娲补天所剩下的那一块顽石相媲美，后来发展成中国人对前生与后世的信念，不但许多朋友以三生石作为肝胆相照的依据，更多的情侣则在三生石上写下他们的誓言，“缘定三生”的俗话就是这样来的。

前面说过，这个故事很可能是真实的，但不管它是不是真实，至少是反映了中国人对于生命永恒的看法、真性不朽的看法。透过这种“轮回”与“转世”的观念，中国人建立了深刻的伦理、生命、哲学乃至于整个宇宙的理念，而这些正是佛教的一种入世观照和慧解。

我们常说“七世夫妻”，常说“不是冤家不聚头”，常说“十年修得同船渡，百年修得共枕眠”，常说“缘定三生，永浴爱河”……甚至于在生气的时候咬牙说：“我死了也不会放过你！”在歉意的时候红着脸说：“我下辈子做牛做马来报答你！”看到别人夫妻失和时会说：“真是前世的冤家！”

这种观念在中国是无孔不入的，民间妇女杀鸡杀鸭时会念着：“做鸡做鸭无了时，希望你下辈子去做有钱人的儿子。”乃至连死刑犯临刑时也会大吼一声：“二十年后，又是一条好汉！”

所以，“三生石”应该是有的。

轮回与转世都是佛教的基本观念，佛教里认为有生就有死，有情欲就有轮回，有因缘就有果报，所以生生世世做朋友是可能的，永生永世做爱侣也是可能的，当然，一再地做仇敌也是可能的……但生生世世、永生永世就永处缠缚，不得解脱，唯有放下一切才能超出轮回的束缚。

在《出曜经》里有一首偈，很能点出生死轮回的本质：

伐树不尽根，虽伐犹复生；
伐爱不尽本，数数复生苦。
犹如自造箭，还自伤其身；
内箭亦如是，爱箭伤众生。

在这里，爱作欲解，没有善恶之他，被仇恨的箭所射固然受伤，被爱情的箭射中也是痛苦的，一再的箭就带来不断的伤，生生世世地转下去。

另外，在《圆觉经》里有两段讲轮回，讲得更透彻：

“一切众生，从无始际，由有种种恩爱贪欲，故有轮回，若诸世界一切种性，卵生、胎生、湿生、化生，皆因淫欲而正性命。当知轮回，爱为根本。由有诸欲，助发爱性，且故能令生死相续。欲因爱生，命因欲有，众生爱命，还依欲本。爱欲为因，爱命为果。”

“一切世界，始终生灭，前后有无，聚散起止，念念相续，循环往复，种种取舍，皆是轮回。未出轮回，而辨圆觉；彼圆觉性，即同流转；若免轮回，无有是处。譬如动目，能摇湛水，又如定眼，犹回转火，云驶月运，舟行岸移，亦复如是。”

可见，轮回的不只是人，整个世界都在轮回。我们看不见云了，不表示云消失了，是因为云离开我们的视线；我们看不见月亮，不表示没有月亮，而是它运行到背面去了。同样的，我们的船一开动，两岸的风景就随着移动，世界的一切也就这样了。人的一生像行船，出发、靠岸，船（本性）是不变的，但岸（身体）在变，风景（经历）就随之不同了。

这种对轮回的譬喻，真是优美极了。

嘴里芹菜的香味

谈过轮回，我再说一个故事，这是和苏东坡齐名的大诗人黄山谷的亲身经历。黄山谷是江西省修水县人，这故事就出自《修水县志》。

黄山谷中了进士以后，被朝廷任命为黄州的知府，就任时才二十六岁。

有一天他午睡的时候做梦，梦见自己走出府衙到一个乡村里去，他看到一位满头白发的老太婆，站在家门外的香案前，香案上供着一碗芹菜面，口中还叫着一个人的名字。黄山谷走向前去，看到那碗面热气腾腾好像很好吃，不自觉端起来吃，吃完了回到衙门，一觉睡醒，嘴里还留着芹菜的香味。梦境十分清晰，但黄山谷认为是做梦，并不以为意。

到了第二天午睡，又梦到一样的情景，醒来嘴里又有芹菜的香味，因此感到非常奇怪。于是起身走出衙门，循着梦中的道路走去，一直走到老太婆的家门外，敲门进去，正是梦里见到的老妇，就问她有没有摆面在门外、喊人吃面的事。

老太婆回答说："昨天是我女儿的忌辰，因为她生前喜欢吃芹菜面，所以我在门外喊她吃面，我每年都是这样喊她。"

"您女儿死去多久了？"

"已经二十六年了。"

黄山谷心想自己正好二十六岁，昨天也正是自己的生日，于是再问她女儿生前的情形，家里还有什么人。

老太婆说："我只有一个女儿，她以前喜欢读书，念佛吃素，非常孝顺，但是不肯嫁人，到二十六岁时生病死了，死的时候对我说她还要回来看我。"

"她的闺房在哪里，我可以看看吗？"黄山谷问道。

老太婆指着一间房间说："就是这一间，你自己进去看，我给你倒茶去。"

山谷走进房中，只见房里除了桌椅，靠墙有一个锁着的大柜。

山谷问："里面是些什么？"

“全是我女儿的书。”

“可以开吗？”

“钥匙不知道她放在哪里，所以一直打不开。”

山谷想了一下，记起放钥匙的地方，便告诉老太婆找出来，打开书柜，发现许多文稿。他细看之下，发现他每次试卷写的文章竟然全在里面，而且一字不差。

黄山谷这时才完全明白他已回到前生的老家，老太婆便是他前生的母亲，老家只剩下她孤独一人。于是黄山谷跪拜在地上，说明自己是她女儿转世，认她为母，然后回到府衙带人来迎接老母，奉养终身。

后来，黄山谷在府衙后园植竹一丛，建亭一间，命名为“滴翠轩”，亭中有黄山谷的石碑刻像，他自题像赞曰：

似僧有发，似俗脱尘。
作梦中梦，悟身外身。

为他自己的转世写下了感想，后来明朝的诗人袁枚读到这个故事曾写下“书到今生读已迟”的名句，意思是说像黄山谷这样的大文学家，诗书画三绝的人，并不是今生才开始读书的，前世已经读了很多书了。

站在自己的三生石上

黄山谷体会了转世的道理，晚年参禅吃素，曾写过一首戒杀诗：

我肉众生肉，名殊体不殊。
元同一种性，只是别形躯。
苦恼从他受，肥甘为我须。
莫教阎老断，自揣看何如？

苏轼和黄山谷的故事说完了，很玄是吗？

也不是那么玄的，有时候我们走在一条巷子里，突然看见有一家特别的熟悉；有时候我们遇见一个陌生人，却有说不出的亲切；有时候做了一个遥远的梦，梦景清晰如见；有时候一首诗、一个古人，感觉上竟像相识很久的知己；甚至有时候偏爱一种颜色、一种花香、一种声音，却完全说不出理由……

人生，不就是这样的偶然吗？每个人都站在自己的三生石上，只是忘了自己的旧精魂罢了。

认识许多大师的人

最近，朋友介绍一个新朋友，他玩笑地介绍那位新认识的朋友说："他是一个认识许多大师的人！"

我一时之间听不出这是赞词还是贬词，但那位认识许多大师的人已经笑得很开心了，他肯定地说："是真的，我认识许多大师。"于是，他如数家珍似的把他认识的许多大师说了出来，光是做简介、如何认识、说过哪几句话，这样一个个大师下来，已花了一个多小时，听得我们耳花缭乱。

好不容易才觅得他喝一口茶的空隙，我说："我们该上菜了吧！"

接着，他口中的"大师言行录"往往塞满了每一道菜，我们这些没有认识什么大师的人，只好听他胡乱地盖，加上他是那样多嘴，使我们只好埋头吃菜，但耳听大师言行来吃饭，真是有碍消化的。

可怜一餐饭吃得我们痛苦不堪，几乎是夹着尾巴逃出来，朋友一出门就脸带微笑地说："你现在知道认识许多大师的人的厉害了吧！我保证下次在别的地方，他一定会说我的朋友林清玄怎么样怎么样。"

我说："你别吓我，一来我又不是大师，二来刚刚吃饭的时候，我一句话也没说。"

朋友赶着去上班，我一个人沿街散步，想到像这种"认识许多大师的人"，在社会上也常见，只是情节各有轻重，它在本质上很像"认识许多富翁的人""认识许多大官的人""名片上挂了许多头衔的人"，似乎如果不这样抬身价，自己就一文不值了。

借大师来抬身价，那还是好的，更可悲的是言必称大师，其实与大师只有一面之缘，却说得像隔壁亲家一样；最可悲的是，听这种人说话，往往没有重点，他自己讲大师讲久了，已经失去独立思考的能力，旁听的人，不知道他是在表达观念呢？或只是背了许多大师的言行。

见到这等认识许多大师的人，益发使我觉得古代禅师说的"不与千圣同步，不与万法为侣"真是非常重要。

一个人应该培养自己的见地、感受、体验，在人生的观点或实践中，展现自己的风采，如果一味以大师的思想为思想，以大师之语言为自己的见地，那就会沦于禅师所说的"担板汉"，仿佛担子上都挑着大师，反而失去自己的面目。

这意思并不是不需要大师，而是要以大师为启迪，不是以大师为自己的主体，也就是说大师可以做我们的火柴，而点燃的蜡烛则要自己储备。我们或者不会成为大师，但每个人都有各自的气质与本质，做一个真实的自我，总比做木偶戏的傀儡要好得多。

在每一出戏里，总有主角、配角，也有龙套，甚至有很多幕后的人物，对于一出好戏，每个人扮演好自己的角色是最重要的，戏剧如此，人生亦然，最怕的是自己成为一出戏的道具还不自知呀！

万法是崇高的，千圣是伟大的，对于平凡渺小的我们有如林木森森，但一座森林里不能没有小花小草来点缀风景，安于做小花小草，有时需要更深刻的勇气与识见。

禅家把开悟境界称为“见到自己本来的面目”，其中有深意在；又把一个人选择修行之路称为“不向如来行处行”，也是在肯定自己走自己的路。

大师是我们的典范，是我们的坐标，是指南针而不是避雷针，我们要有自己的航道，才不会人云亦云，成为不会思考、失去创意的人。

来认识我们自己内在的那位大师吧！

楞严经二帖

灯能显色，如是见者，是眼非灯。眼能显色，如是见性，是心非眼。

——《楞严经》

我进入书房，把灯打开。

这时，我看见了四壁围着我的书，它们的颜色都一一呈现出来，精装的经典，书背是藏青、橙红与灰褐色的。套书与丛书都是经过规划，一式一样地站立。那些零散的现代书籍则花枝招展地穿着艳丽的衣裙。

书架上还有一些现代雕塑闪着金光，陶瓷则说着乡土的语言。穿梭在雕塑与陶瓷间的是一束褐色的干燥花和一瓶正怒放绿叶的万年青。这么多的颜色有时让人目眩，在工作累了的时候我把灯关掉，静静地坐在黑暗里，闭着眼睛，再睁开的时候我什么都看不见了。

在关灯以后，我也不是看不见，而是看见了黑暗，在黑暗中，我知道我的什么书摆在什么地方，我一伸手就可以拿到。

灯、眼睛，与看见的问题让我迷惑了。

是灯在看见吗？是的，因为灯没有点亮之前，我们看不见眼前的东西。

不不，不是的，如果说灯有看见或看不见的本能，为什么开关在我的手上，我难道可以控制一个能见事物的本能吗？

那么，是眼在看见吗？是的，点亮的灯只能发光照出色相，灯光本身并没有看见的功能，是我们的眼睛借着灯光看见了东西，我们的眼睛才有看见的本能。

不不，不是的，如果说是眼睛有看见的本能，为什么在黑暗里我闭起眼睛，还是知道书房里的一切呢？为什么每一个人看同样的书却有了不同的想法呢？有一些心性有病或低能的人，他眼睛的功能和我们完全一样，为什么他看见也等于什么都没看见呢？再说，如果眼睛近视或远视的人，他必须戴眼镜才看得见，是他的眼睛或眼镜有见的功能，还是他的心呢？

既然不是灯光在看，不是眼睛在看，我们是用什么来看着这个世界呢？什么才是看见的本性呢？

它是我们的心，只有我们的心才能真实地看见事物，我们的心才有见到事物本质的功能。

有明利的心的人，拥有一对好眼睛，在打开灯光的时候，才能真实地看见。有灯光的时候，眼盲的人仍然看不见。好眼睛的人又遇到有灯光，没有心，也仍然看不见。所以，对灯光的讲究，对眼睛的保养，都不如磨亮明慧的心来得重要。

> 又如新霁，清旸升天，光入隙中，发明空中诸有尘相。尘质摇动，虚空寂然。如是思惟：澄寂名空，摇动名尘。
>
> ——《楞严经》

在雪霁初晴的时候，晴朗的阳光照亮了整个天空，有的阳光偶然照进了门窗的隙缝里面，在这隙缝的阳光里，我们能清楚地看见空中尘埃飞扬的景象。不管尘埃如何摇动，虚空的本质依然寂静没有改变。从这个现象来思考观照，就会知道虚空的本质是澄清寂然的，而尘埃的状态则是上下摇动的。

我们都曾在某一个午后，坐在窗前看阳光从缝中射入，看见了光中的尘埃。阳光照射窗隙是一种偶然呀！仿佛是客人走到我们的门口，它移动了，离开了，就好像客人离去了，脚步声杳，尘埃也看不到了。

窗隙里如果没有阳光照射，我们不能说那里就没有尘埃飘动，只是隐藏着，等待阳光会合的因缘罢，如果阳光不来，尘埃就没有景象。

尘埃摇不摇动，对窗隙的阳光是没有增减的；阳光照不照耀进窗户，对虚空里光明澄澈的太阳也是没有增减的。

我们的一生是不是就像阳光偶然照进了门窗的缝隙呢?

我们一生的际遇，成功与失败，欢乐与哀愁，高歌与悲叹，获得与失落是不是就像窗隙阳光里飘动的灰尘呢?

我们发现尘埃多一些少一些，飘摇得厉不厉害并没有意义，因为尘埃不是生命的真实。

我们守住窗隙的阳光，希望它能永远留在那里也是不可靠的，因为窗隙的阳光只是一个偶然，也不是阳光的主人。

相对于苍空中的太阳，我们自性的真实就是那样子的，如果我们发现了光明遍满的自我本质，那么我们对于如窗隙的一生的因缘就不会执着。当然，一切人生的是非成败转头成空，青山依旧，几度夕阳，我们也就不会被外在的利衰毁誉等尘埃所迷转了。

可悲的是，我们都知道窗隙的阳光是一种偶然，阳光里的尘埃是不定的假相，但我们却不肯相信人生其实也像是那样呀!

从灰尘走出来吧!从窗隙的阳光走出来吧!看看窗外天空中与我们心性中同时照耀的澄清的太阳吧!

胸怀千万里

有一部《老女人经》记载了一个年老的女人向佛陀问法的故事，这个故事非常有意思，因为老女人所问的问题差不多是我们都想问的问题。在下面，我把老女人的第一个问题保留文言，其余的译成白话。

有一天，一位贫穷的老女人来到佛陀面前向佛陀顶礼后说："我想要问一些问题，不知道可不可以？"佛陀说："好呀！你可以问任何问题。"

老女人问说："生从何所来？去至何所？老从何所来？去至何所？病从何所来？去至何所？死从何所来？去至何所？色、痛痒、思想、生死、识，从何所来？去至何所？眼、耳、鼻、口、身、心，从何所来？去至何所？地、水、火、风、空，从何所来？去至何所？"

佛陀回答说："善哉！问是大快。生无所从来，去亦无所至；老无所从来，去亦无所至；病无所从来，去亦无所至；死无所从来，去亦无所至；色、痛痒、思想、生死、识，无所从来，去亦无所至；眼、耳、鼻、口、身、心，无所从来，去亦无所至；地、水、火、风、空，无所从来，去亦无所至。诸法皆如是：譬如两木相揩，火出还烧木，木尽火便灭。”

佛陀在这里讲了一个重要的问题，就是人生的诸相并没有来的地方，也没有归往的所在，就像钻木取火一样，两枝木头生出火来，火烧起来时烧掉了木头，当木头烧完后，火自然就灭去了。

说了这个答案，佛陀反问老女人：“从木头生出的火，是从哪里来的？又往哪里去呢？”

老女人回答说：“因缘合，便得火；因缘离散，火便灭。”

佛陀说：“对了，一切世间的相法也是这样，因缘合乃成，因缘离散而灭；法亦无所从来，去亦无所至。这就像眼睛看见东西就生出意念，意念和东西都是空的，并没有所谓生成，也没有所谓灭。”

佛陀接着又解释说：“譬如一面鼓，不是一个东西就叫作鼓，有了鼓皮，有了撑鼓皮的木头，还有人持着鼓槌，鼓就有了声音。其实这鼓声的本质是空的，未来的声音并不存在，过去了的声音也不存在。鼓声不是从鼓皮出来，不是从鼓木出来，不是从鼓槌出来，也不是从人的手出来，而是会合了这几种事物而成为鼓声。鼓声从空生出也在空灭去，这就像云上起了阴雾就会下雨，雨不是从龙身上出来，不是从龙的心中出来，而是因缘而生成的。所以诸法亦无所从来，去亦无所至。”

这一个故事很清楚地说出佛教对人生的重要观念，就是人生诸相是由顺缘所合成的，我们身体固然是因缘所合成，我们的生命与命运也是，甚至于我们的环境，我们的心动念所有的一切，何尝不是因缘所作呢？

佛法虽然是求出世的慧解，却对人生也有极智慧的看法，不知的人常常产生一些疑惑，就如同故事里的老女人一样。佛教对人究竟有什么基本的看法呢？我想，佛教对人生的看法说起来并不复杂，第一、人生是因缘合成的；第二、人生是容易堕落的；第三、人生是无常的；第四、人生是苦的；第五、人生是烦恼的；第六、人生是有限的。

因缘合成的人生

因为佛教对因果、业报、轮回的看法，常被误以为佛教是定命论或宿命论，是消极的宗教。

其实不然，佛教阐明因果、业报、轮回的必然性，但它是站在一个因缘的基础上。

因缘是什么呢？

佛教讲缘起、讲十二因缘，十二因缘就是无明、行、识、名色、六入、触、受、爱、取、有、生、老死。人生三世（包括过去世、现在世、未来世）就是十二因缘的循环。

我现在用一个简单的图表来说明：

十二因缘	归类
无明（过去世的烦恼）	过去所受的因
行（过去世的善恶行为）	
识（依过去世的因入胎之一念）	现人所受的果
名色（在胎中生诸根形）	
六入（胎中所成的六根）	
触（出胎时的触境）	
受（领受现前尘境）	
爱（贪爱）	现在所依的因
取（取着）	
有（因爱取感生的后有之业）	
生（依现在业报而受生）	未来当受的果
老死（未来身必老死）	

人的生生死死无不是如此，因为过去的烦恼与业报而投胎到应生的地方，出生以后一方面领受以前的因所生的果，一方面造新的因埋下未来的果，因果循环，无穷无已。

这里面，无明、行、识、名色、六入、触、受是前定的，无法更改了，就像我们幸而生为人，幸而六根具足，然后出生什么家庭，家庭的环境决定了我们的前半生，都是我们自己没有能力做主的。

但是，从爱、取、有，到生、老死，则是我们可以依心念做改变的，一念不贪爱、一念取着，就改变了我们的来生，或者改变了今生未受的果报。举例而言，例如谷种（识、名色、六入、触、受的种子），虽然埋在地中（无明、行的业种），如果不遇到雨露（爱、取、有的因缘）的滋润，也无法发芽成长（生、老死的感果）。

这才是人生因缘的实相，一切法虽由因缘的和合而生，“因”是本来就有的，如果缺“缘”，“果”就永远不能显现，宿命论者只看到了因果之必然，而忽略了因缘的偶然，就像只见到苹果的种子可以长苹果树，而不知道苹果若种在非洲则必然凋零一样。

明白了人生是因缘合成的道理，等于明白了改造命运的原理，唯有掌握现在的善缘，创造未来的善因，才是积极的人生态度。

我们的过去已经历历，我们的未来似乎也有一定的轨迹，在这样的因缘里要如何改变呢？最好的方法是多给人生一些清明的雨露，滋润那逐渐在改坏的种子。

从堕落里超拔

在中译的第一部佛经《四十二章经》第四部十一章里，佛陀说：“夫与道者，如牛负重，行深泥中。疲极，不敢左右顾视，出离淤泥，乃可苏息。沙门当观情欲，甚于淤泥，直心念道，可免苦矣！”

译成白话是：“修学佛道的人，就像一头负载重物的牛，走在很深的污泥里，虽然疲倦到了极点，也不敢左顾右盼，要一直走出污泥，才敢松一口气休息。出家人观照情欲，比污泥还要厉害，唯有一直心念于道，才可以免受陷溺的痛苦。”

我是生长在乡下的孩子，第一次读到这段经，就浮现出小时候赶水牛过泥河的情景，只有步步留神才不至于失足落入河里。人生也是这样，人是那么容易在世间情欲中堕落，那是由于人的本身与环境都埋藏了许多令人堕落的因素。

佛经里讲过许多人堕落的原因，也说要使自己不堕落是非常困难的，佛陀就说过："一个人战胜一千个人一千次，还不如战胜自己一次来得可贵。"

什么容易使人堕落呢？

《杂阿含经》中举了五十几项使人堕落的事件，称"堕负门"，是相对于"胜处门"的，堕负门也就是"使人堕落和失败的门"，因为原文很长，我只选择现代人容易堕落的十项列在下面：

爱乐恶知识，不爱善知识；
欲恶不欲善，斗称以欺人；
博弈耽嗜酒，游轻着女色；
常乐着睡眠，怠堕好嗔恨；
多财结朋友，酒食奢不节；
求珠当璎珞，革屣履伞盖；
受他丰美食，自吝惜其财；
若父母年老，不及时奉养；
于父母兄弟，槌打而骂辱；
有财而不施，无有尊卑序。

看起来，世间令人堕落的事物实在不少，我们可能无法改造拯救这个世界，唯一的方法是使我们自己不堕落，从堕落中超拔出来。《四十二章经》里有个故事：有一个人因为不能停止自己的淫乱冲动，想要砍断自己的阴部，使自己不再堕落于淫乱。佛陀听到了就开示他说："若断其阴，不如断心。心如功曹，功曹若止，从者都息。邪心不止，断阴何益？"

让心灵清净不堕落，才能从堕落的人与环境中得到安宁与解脱。

在这无常的人间

《四十二章经》第三十八章：

佛问沙门："人命在几间？"
对曰："数日间。"
佛言："子未知道。"
复问一沙门："人命在几间？"
对曰："饭食间。"
佛言："子未知道。"
复问一沙门："人命在几间？"
对曰："呼吸间。"
佛曰："善哉！善哉！子知道矣！"

佛陀认为人生的短暂与变化是快速的，一如呼吸一样，一口气呼出去，吸不进来，就是下辈子了。这是人命的无常，也是人命的实情。此外，佛教里认为世间一切法一切相都是无常，并无一个永恒不变的存在，所以佛陀说：“观天地，念非常；观世界，念非常；观灵觉，即菩提；如是知识，得道疾矣！”

无常是人人都必须面对的事实，无常不是贫者才能感受，也不是富者所专有，权势再高的人，自认为可以控制一切的人，最后也要在无常中俯首。在这个世界，每一生每一年每一月每一分钟每一秒，乃至每一万分之一秒，都是无常。

看清楚人生的无常，是一个人能否生智慧的开端——观照天地是无常的，世界是无常的，只有观照自己的心性，在无常中觉悟，才能迅速地证得圣道，就是这个道理。

说明无常的快速和无常的普遍，佛陀在《坐禅三昧经》里有一段非常生动的比喻：

如鹿渴赴泉，已饮方向水；
猎师无慈惠，不听饮竟杀。
痴人亦如是，勤修诸事务；
死至不待时，谁当为汝护。
人心期富贵，五欲情未满；
诸大国王辈，无得免此患。
仙人持咒箭，亦不免死生；
无常大象蹈，蚁蛭与地同。

无常的快速就像一只口渴的鹿跑到泉水边，才向着水想喝的时候，就被无情的猎人射杀了，竟不让它喝完最后一口水。

因五欲而想追求富贵的渴望，连大国王都不能免；天上的仙人虽会念咒，同样不能免除生死；可是当无常的大象走的时候，国王、仙人、蚁蛭，都和土地没有什么差别呀！

无常也是佛教见到的人生实相，面对无常，唯一的方法是警觉到这无常的可怕，让恒常的真我——佛性——从长睡中醒来。

冲出痛苦的重围

因为无常，人生里就少有长久的快乐，在短暂的人生快乐中，背景正是长期的人生之苦。

人生为什么是苦的呢？

早在佛陀还是王子的时候，他从南门走出，看到许多容貌憔悴的老人，步履蹒跚，非常痛苦；他走出东门，看到许多生病的人在路边呻吟、辗转反侧，非常痛苦；他从西门走出，看到有人死了，其家人哀哭悲痛，神色凄惶，非常痛苦。这些，使他警醒到人生是苦，出离修行，希望能找到一条脱离苦的道路，后来他先找到老、病、死的原因，就是出生。

佛陀在证道以后，把生、老、病、死当成人身体上基本的苦，再加上爱别离（和所爱的有生离死别）、怨憎会（与所恨的人偏偏相聚）、求不得（想要的东西求不到）、烦恼炽盛（被烦恼之火燃烧）四种精神的苦，称为“人生八苦”。

这八种苦，只要投生为人就是不能避免的了。

也许有的人比较迟钝或比较有福报，感受到比较少的苦，但苦的本质是一样的，人生里当然也有一些乐的成分，却因无常使得快乐不能长驻，快乐的消失也是一种苦。

所以在苦的层次上又分成三种，一是苦苦（就是任何人都感受到的苦，像前面的八苦）；二是乐苦（就是快乐败坏的痛苦）；三是行苦（警觉到人生是苦的修行生活也是苦）。把这三个层次放在人生的层面，则没有人能有真正、永远的快乐。

人生是苦也是无可奈何的真实，这种观点并不表示佛教是悲观的，而表示佛教能彻见人生的实相。

面对人生的苦痛，佛陀提出解决的唯一道路是苦（人生的本质上苦）、集（爱欲相应是苦的聚集）、灭（要离苦就要灭掉爱欲的染着）、道（这是解脱人生之苦唯一的道路），这称为“四圣谛”，也可以说是修行者的四个真理。

烦恼中生出的菩提

接着，人生的实相是烦恼。

佛经里常说:“人生有八万四千种烦恼”,也就是八万四千种尘劳,我们看到这个数目一定会心生惊吓,原来人生竟有这么多的烦恼,但这是指烦恼的种类。如果说到一个人一生所遇到的烦恼,那么,八万四千也只是个极小的数目了。

佛教因为这种种烦恼,也生出了八万四千种法门,每一个法门都是来对治烦恼的。

八万四千的数目是怎么来的呢?

原来,佛陀一代教化共有三百五十法门,每一法门各有六度(布施、持戒、忍辱、精进、禅定、智慧),就共有两千一百法门。这两千一百是各分为对治贪欲、嗔恚、愚痴、等分(贪嗔痴平均的烦恼)四种,合为八千四百,乘以十,就是八万四千了。

八万四千其实也可以说是一个概数,是表示烦恼之多无量无极。但烦恼也可以大别为两种:一种是根本烦恼,就是能扰恼有情身心,使其颠倒的烦恼;一种是随烦恼,就是从根本烦恼的作用,产生反应的烦恼。

在“唯识”里,根本烦恼共分十种:贪、嗔、痴、慢、疑(以上五种是生活带来的烦恼)、身见、边见、邪见、见取见、戒禁取见(这五种是知识带来的烦恼)。

随烦恼共分二十种:忿、恨、恼、诳、谄、骄、害、嫉、悭、无惭、无愧、不信、懈怠、放逸、昏沉、掉举、失念、不正知、散乱。

这里面值得注意的是五种知识带来的烦恼，也是现代人多于古代人的烦恼。“身见”是对于自己四大五蕴假合的身心以为实有，产生我执的烦恼；“边见”就是偏见，有的人执着自己的身体不灭的常见，有的人执着死去后一切都幻灭的断见，偏见曾给人带来烦恼；“邪见”就是认为没有因果，以及违背正道的见解；“见取见”是执持自己的身见、边见、邪见而与人斗争的迷执；“戒禁取见”则是随着诸种邪见而产生的戒律之烦恼。

这么多的烦恼，使我们的人生不如意事常八九，小人物有小人物的烦恼，大人物有大人物的悲辛，都是不能避免的。佛陀告诉我们，人生里的烦恼既是不能避免，唯一的方法就是“化烦恼为菩提”，不但不被烦恼所障碍，反而转烦恼为菩提，使自己在烦恼中觉悟。

在烦恼里到觉醒，才是人生里烦恼的真义！

无限的开展

关于人生是有限的，我想，到了中年的人都可以清楚地感受，因为到了中年的人，至少都经验了人生的失败与人的死亡。人的死亡使我们知道了时间的有限，使我们“生年不满百，长怀千岁忧”，人的失败使我们知道了环境与空间、机会的有限，使我们“鸡声茅店月，人迹板桥霜”。

人生的有限，我们若从放大的观点来看，是无常的一种，是沧海一粟，而整个地球何尝不是有成、住、坏、空的过程呢？在《光明童子因缘经》之中说："星月可处地，山石可飞空，大海可令枯，佛语诚无妄。"星月、山石、大海是可变而有限的，何况是人呢？

当人体会到人生有限，往往有两种非常不同的反应，一是贡高我慢，认为自己能掌握人生，更进一步掌握别人的人生；一是自暴自弃，对人生感到无望，以致放弃了人生。

这两种都是错误的人生态度，对傲慢的人，《法句譬喻经》里说："若多少有闻，自大以骄人；是如盲执烛，照彼不自明。"在《华严经》里形容，这就像一只老鼠，它手里拿满了东西，就向别人表示自己能拿很多东西，这不是很可笑的事吗？

对于自暴自弃的人，《百喻经》里有一个很好的故事，是说有一个养牛的人共有二百五十头牛，有一天被老虎吃去了一头，那个养牛的人很伤心地说："我已经失去一头牛，已经不是全数，还要这些牛做什么？"然后把牛全部赶到悬崖，推到坑谷里，全部杀掉了。这不是很愚笨的行为吗？

因此，面对人生的有限，我们的态度应是不卑不亢，不忧不喜，坦然自在，佛教的目标是在教我们解脱人生的有限，从自我的佛性做无限的开展，唯有我们体证到壮大无畏的佛性，我们才能坦然面对有限的人生。

一般人要过佛教徒的修行生活自是非常困难的，不过如果我们从人的立场来看，一个人若能常想：今天有没有比昨天有智慧？比昨天更慈悲？比昨天更自在？比昨天有更好的道德？比昨天更接近于心性的完美？这也就非常的不易了。

唯一的道路

人生，我们的人生，竟是这样在因缘中轮转！是这样容易堕落！是这样无常！是这样苦，这样烦恼，这样有限！

这是多么可怕的事，因此，我们对人生的改造，如果从外在、欲望、名利、世俗的成功开始，是非常靠不住的，唯有从心灵的改造，从寻找真我、觉醒佛性来改造，才是可靠的。

我们常说中华民族是“上下五千年，胸怀千万里”，胸怀千万里确是人生唯一的道路，当我们心胸完全开展、自性完全开悟，则因缘、堕落、无常、苦痛、烦恼、有限也都在我们的包容之中了。

逆风的香

阿难是佛陀的十大弟子之一。

有一天，阿难独自在花园里静坐，突然闻到园中的花，随着黄昏吹来的风，飘过来一阵一阵的花香。

平常有风吹着花香的时候，由于心绪波动，不一定能闻到花香。当心静下来的时候，又不一定有风吹来，所以也嗅不到花香。

那一个黄昏，阿难的心情特别宁静，又是春天——花朵最香的时节，正好春风飒飒，缓缓吹送。在这么多原因的配合下，阿难闻到了有生以来最美妙的花香。

花香围绕着阿难，花香流过他的身心，然后流向不可知的远方。这些花香使阿难从黄昏静坐到夜里舍不得离开，这些花香也使阿难非常感动。

在感动中，阿难宁静的心也随花香飘动起来，他想到了一些从未想过的问题：草木都是开花的时候才会香，有没有不开花就会香的草木呢？花朵送香都限制在一个短暂的因缘里，有没有经常芬芳的花朵呢？春花的香飘得再远也有一个范围，有没有弥漫全世界的香呢？所有的花香都是顺风飘送，有没有在逆风中也能飘送的香呢……

阿难想着这些问题，想到入神，竟然使他在接下来的几天无法静心。有一天，阿难又坐在花香中出神，佛陀走过他静坐的地方，就问他："你的心绪波动，到底是为了什么呢？"阿难就把自己苦思而难解的问题请教了老师。

佛陀说：守戒律的人，不一定要开花结果才有芬芳，即使没有智慧之花，也会有芳香。有禅定的心，就不必要在因缘里寻找芬芳，他的内心永远保持喜悦的花香。智慧开花的人，他的芬芳会弥漫整个世界，不会被时节范围所限制。一个透过内在开展戒、定、慧的品质的人，即使在逆境里也可以飘送人格的芬芳呀！

阿难听了，垂手肃立，感动不已。佛陀和蔼地说："阿难，修行的人不只要闻花园的花香，也要在自己的内心开花——有德行的香。这样，不管他居住在城市或山林，所有的人都会闻到他的花香！"

如果我们的内心就是一个花园，人生的哪一天不是最美的花季呢？

如果我们的内心春风洋溢，人生的哪一个时候不是最好的春天呢？

如果我们有着怜爱、珍惜、欣赏的心，即使在人生的无寸草处行走，也会看见那美丽神奇的一瞥。

所以，花季的时候，不要忘了在自己的心里种花。

平常有风吹着花香的时候，由于心绪波动，不一定能闻到花香。当心静下来的时候，又不一定有风吹来，所以也嗅不到花香。

著作权合同登记号　图字：01-2018-5672

图书在版编目（CIP）数据

心是一切温柔的起点 / 林清玄著 . - 北京：北京十月文艺出版社，2020.2

ISBN 978-7-5302-1951-5

Ⅰ . ①心… Ⅱ . ①林… Ⅲ . ①散文集—中国—当代 Ⅳ . ① I267

中国版本图书馆 CIP 数据核字（2019）第 104196 号

本著作物经北京阅享国际文化传媒有限公司代理，由九歌出版社有限公司授权，在中国大陆出版、发行中文简体字版本。

心是一切温柔的起点

XIN SHI YIQIE WENROU DE QIDIAN

林清玄 著

出　版　北京出版集团公司

　　　　北京十月文艺出版社

地　址　北京北三环中路 6 号

邮　编　100120

网　址　www.bph.com.cn

发　行　新经典发行有限公司

　　　　电话 (010)68423599　　邮箱 editor@readinglife.com

经　销　新华书店

印　刷　北京汇林印务有限公司

版　次　2020 年 2 月第 1 版

　　　　2020 年 2 月第 1 次印刷

开　本　850 毫米 ×1168 毫米　1/32

印　张　9

字　数　206 千字

书　号　978-7-5302-1951-5

定　价　58.00 元

质量监督电话　010-58572393

如有印装质量问题，由本社负责调换